Über dieses Buch Während Clas Lutter, Journalist der ›Schwäbischen Nachrichten‹ aus Tübingen, im Urlaub mit Freunden den Palio, das traditionelle Pferderennen in Siena, verfolgt, verschwindet der Bruder seines Chefs, Josef Bock, spurlos aus seiner Villa in der Toskana. Die Polizei tippt auf die Brigate rosse oder sardische Banditen. Die mutmaßlichen Entführer schweigen. Clas Lutter recherchiert auf eigene Faust. Unterdessen gelingt es dem Bruder des Entführten, Franz Bock, Chef eines Medienkonzerns, mit Hilfe seines italienischen Generalbevollmächtigten aus Rom, Kontakt zu den Entführern aufzunehmen.
Der Roman entwirft, an wechselnden Schauplätzen, Szenerien und Personal einer spektakulären Entführung und zeigt zugleich, wie ein Konzernchef, der mit der Funktionsweise der Medien vertraut ist, sich der Öffentlichkeit bedient, um seine ureigenen Interessen durchzusetzen – und dabei selbst Opfer seiner eigenen Strategie wird.
Siena, Lucca, Florenz und das Urlaubsland Toskana bilden den farbigen Schauplatz dieser bis zur letzten Seite spannenden Entführungsgeschichte.

Die Autoren *Jürgen Alberts* wurde 1946 in Kirchen/Sieg geboren und lebt heute als Journalist und Autor in Bremen. Er veröffentlichte bisher vier Kriminalromane: ›Gehirnstation‹ (1984, zusammen mit Fritz Nutzke), ›Entdeckung der Gehirnstation‹ (1985), ›Das Kameradenschwein‹ (1987). Ebenfalls 1987 erschien sein Roman über den französischen Frauenmörder Henri-Desiré Landru.
Marita Alberts wurde 1946 in Kirchen/Sieg geboren und ist Lehrerin an einer Gesamtschule in Bremen. Zusammen mit ihrem Mann schrieb sie ›Tod in der Algarve‹ (1986).

Jürgen und Marita Alberts

Entführt in der Toskana

Kriminalroman

Fischer
Taschenbuch
Verlag

Lektorat: Inge Seelig

Originalausgabe
Veröffentlicht im Fischer Taschenbuch Verlag GmbH,
Frankfurt am Main, Mai 1988

Umschlaggestaltung: Rambow, Lienemeyer, van de Sand
Satz: Fotosatz Otto Gutfreund, Darmstadt
Druck und Bindung: Clausen & Bosse, Leck
Printed in Germany
ISBN 3-596-28284-5

1 Für wenige Minuten verschwand die Sonne hinter dem hohen Campanile der Villa, der Schatten gab den Blick auf die Terrasse frei, weißer Marmorboden, in den ein goldener Löwe mit einem blauen Schwert eingelassen war, das Wappen eines früheren Besitzers, zu beiden Seiten schmiedeeiserne Gitter, an denen Wein rankte, zwei Sitzgruppen mit weißlakkiertem Gartengestühl, in der Mitte ein langer Glastisch.
Es war kurz nach vier, als er die breite Terrassentür auseinanderschob. Die schwarze Badehose saß knapp. Mit großen Schritten ging er zum Eisschrank, der in die Außenwand eingelassen war. Er nahm ein gekühltes Glas, ließ ein paar Eisstücke hineingleiten, dann träufelte er ein wenig Zitrone darüber und goß die grellrote Flüssigkeit aus der Campari-Flasche ins Glas. Mit einem langen Löffel rührte er um. Er stemmte den rechten Arm in die Seite und leerte den Campari in einem Zug.
Die Sonne überflutete wieder die Terrasse.
Zeit zum Training.
Er stellte das Glas auf den Tisch und lief zum Pool, der ein paar Treppen tiefer in einer Mulde lag. Fünfundzwanzig Meter blaues Wasser, zwei Bahnen nebeneinander.
Er machte einen Kopfsprung und begann seine Übungen.
Sie hatten ihn *Il Ricco* genannt, weil sie seinen richtigen Namen nicht kannten. Auch heute hielt er sich an seinen Zeitplan. Mit langen Zügen und hoher Schlagzahl kraulte er bis zwei Meter vor der Wende, dann tauchte er, um unter Wasser die Richtung zu wechseln.
Sein behaarter Körper glitt über die Oberfläche, schon hatte er die ersten zehn Bahnen hinter sich.
Eine halbe Stunde später verließ er das Trainingsbecken, schüttelte sich das Wasser aus den Ohren und rieb sich mit einem weißen Handtuch trocken.
Il Ricco sah zufrieden aus, blickte auf das Wasser, dann zur Villa hoch.
Er schlang das Badetuch um seine Hüften und zog die schwarze Badehose aus, rollte sie zusammen wie einen Knebel und preßte das Wasser heraus.

Il Ricco nahm die vier Treppenabsätze in schnellen Sprüngen, bis er wieder auf der Terrasse stand.
Im vollen Sommerlicht.
Der weiße Marmor reflektierte und ließ die Härchen an seinem Körper weiß erscheinen.
Seit zwei Wochen beobachteten sie ihn, versteckt im Gebüsch, in der Macchia des gegenüberliegenden Hügels, notierten seine Gewohnheiten, nahmen die Zeit, als seien sie Schwimmtrainer. Il Ricco war ihnen vertraut.
Mit einer kräftigen Bürste striegelte er sein volles Haar, dann setzte er die kreisrunde Hornbrille auf, ließ sich in einen Stuhl fallen, nachdem er das Badetuch fester um seine Hüften geknotet hatte.
Der Stapel Zeitungen, der auf einem weißen Hocker lag, rutschte herunter, als er mit dem Fuß dagegen stieß.
Il Ricco fluchte vernehmlich, in einer fremden Sprache.
Er ließ die Zeitungen liegen, ging zum Eisschrank und wiederholte das Campari-Ritual.
Die drei Männer, die ihn mit Feldstecher und Stoppuhr observierten, waren irritiert.

2 Der Kanonenschuß hallte über die Piazza del Campo in Siena, die Tauben flüchteten in hellen Scharen. Carabinieri begannen, die Rennbahn zu räumen, in gemächlichem Gang schoben sie die Zuschauer in den Innenraum, der jetzt schon überfüllt war. Hinter ihnen fegten Helfer in grauen Kitteln mit langen Besen die Lehmbahn. Der erste Probelauf für den Palio stand bevor, das ungewöhnliche Pferderennen auf dem schönsten Platz Italiens. Wie eine geöffnete Muschel lag die Piazza schräg abfallend zum Rathaus hin.
Clas Lutter kletterte auf den Brunnen am oberen Ende des Platzes, von wo aus er schon frühere Rennen verfolgt hatte. Er sah Ilaria, die mit ihren Freunden über die Gewinnchancen von Lupa diskutierte. Lu-pa, Lu-pa, schallten erste Sprechchöre. Seit Jahren hoffte Ilaria auf einen Sieg ihrer Contrada. Die alten Stadtteile von Siena, die man Contrada nannte, traten in diesem Pferderennen gegeneinander an.

Clas Lutter entschied sich in jedem Jahr neu, liebte das Spiel mit den Außenseitern, er setzte diesmal auf die Schnecke, Contrada della Chiòcciola.
In den sechs Jahrhunderten, seit der Palio in Siena ausgetragen wurde, soll es nur drei Tote gegeben haben. Clas Lutter hielt das für eine Zwecklüge, um die anreisenden Touristen nicht allzu sehr zu erschrecken. Schließlich verkaufte man ihnen die Plätze rings um die Piazza del Campo für teures Geld. Drei Tote waren gerade genug Nervenkitzel.
Die Rennbahn, mit gestampftem Lehm ausgelegt, ein steigendes und fallendes Oval, hatte ihre Tücken. Die zehn Reiter mußten sie dreimal umrunden, mußten versuchen, sich nicht an die mit Matratzen verkleideten Holzbarrieren drängen zu lassen. Sie hatten Ochsenziemer und schlugen damit auf die Gegner ein. Natürlich mußten sie gewinnen. Jeder von ihnen. »Geh heim und kehre als Sieger zurück«, so lautete der Schlußsatz des Priesters, der am Morgen Pferd und Reiter in der Pfarrkirche der Contrada segnete. Aber das sagten alle zehn Priester.
In der Mitte der aufgeklappten Muschel wurden die ersten Zuschauer ohnmächtig, Angehörige und Umstehende schrien nach Helfern des Roten Kreuzes.
Clas Lutter fühlte sich wohl. Von seinem Platz am Brunnenrand sah er die drängelnden Zuschauer, die Fahnen schwenkten, die Namen ihrer Contrada skandierten, O-ca, O-ca, die wütende Gesänge anstimmten, Tor-re, Tor-re, die drohend die Fäuste schwangen, Lu-pa, Lu-pa. Seit Jahren ließ Clas Lutter kein Rennen aus, ganz gleich, ob er dafür die Nacht von Tübingen nach Siena durchfahren mußte, ob er einen Tag unbezahlten Urlaub in der Redaktion riskierte, ganz gleich, was seine spöttelnden Kollegen sagten, wenn er wieder mal ein Souvenir-Fähnchen über seinen Schreibtisch hängte.
Palio, das war für ihn eine körperliche Sensation, eine gewaltige Anspannung, eine nicht enden wollende Aufregung.
Manchmal hatte ihn sein Freund Lionello, der an der Universität von Siena Ökonomie unterrichtete, dorthin begleitet, hatte ihn sehen gelehrt: die Gesichter der Sienesen nach Sieg oder Niederlage, die gespenstischen Fratzen bei nächtlichen Feiern, die stolz lächelnden Fantini, die ohne Sattel auf ihren

Pferden saßen. Aber oft hatte Lionello ihn auch allein ziehen lassen, dringende Arbeiten vorgeschützt.
Clas Lutter wollte über den Palio schreiben, hatte recherchiert, um ein Buch zu füllen, aber es war ein Plan geblieben. Er kannte Anekdoten, wie die, daß das Siegerpferd einen Ehrenplatz an der Festtafel erhielt und aus silbernem Geschirr gefüttert wurde; er kannte die Zahlen, jede Contrada gab etwa hunderttausend Mark aus, die eine Hälfte bekam der Reiter, die andere kostete die einwöchige Siegesfeier; er kannte die Stimmungen. Aber ihm fehlte die Distanz.
Als müßte er einen Fahneneid leisten, so andächtig hatte er einmal den Palio berührt, das Banner, für das die Reiter ihr Leben riskierten. Durch Ilarias Vermittlung war es ihm gelungen, in das Heiligtum der Contrada Tartaruga, der Schildkröte, einzudringen. Das Bild der Madonna in kitschigem Dekor, Sinnbild der Verehrung, Trophäe des Sieges, ein Banner der Emotion.
In diesem Jahr hatte er wieder seinen Urlaub so gelegt, daß er die zwei Probe-Rennen und das große Finale erleben konnte. Ein Urlaub, der ihm auch aus einem anderen Grund sehr gelegen kam: Der Lokalchef der ›Schwäbischen Nachrichten‹, für die er seit mehr als zehn Jahren arbeitete, war ausgewechselt worden. Versetzt auf einen anderen Posten in eine andere Stadt. Ein Mann, den er sehr schätzte und für den er sich bis zuletzt engagiert hatte. Der Konflikt war eine Nagelprobe für die gesamte Redaktion geworden. Der Lokalchef hätte die weitere Unabhängigkeit der Kommentare garantiert. Immerhin war Tübingen eine Universitätsstadt, und zur Leserschaft zählten Wissenschaftler und Studenten. Aber dieses Argument nutzte kaum in der Auseinandersetzung. Sie hatten den Kampf verloren. Der neue Mann, der aus dem Norden der Republik kam, sorgte bei seinem Einstand für klare Linien. »Wir werden viel Salz miteinander essen, meine Damen und Herren!« hatte er während des kleinen Sektempfangs gesagt.
Clas Lutter freute sich, daß sein jährlicher Ausflug nach Siena nun nicht als Flucht gedeutet werden konnte.
Sein hellblonder Wuschelkopf überragte die meisten Umstehenden; er hatte Mühe, sich nicht vom Brunnenrand drängen zu lassen.

Der zweite Kanonenschuß, die Tauben flatterten hinauf bis zur Torre del Mangia.

Clas Lutter half Ilaria, den Brunnen zu erklimmen. Einen Moment kamen sie sich nahe. Clas Lutter spürte ihre Wärme. Die backsteinernen Palazzi, vor denen Tausende von Zuschauern auf Holzbänken saßen, lagen jetzt im Schatten. Eine merkliche Abkühlung.

Die Gesänge verstärkten sich. Torre, Torre, Lupa, Lupa.

Immer wieder rannten die Sanitäter mit der Trage aus der Erste-Hilfe-Station.

Schreie.

Toben.

O-ca, O-ca, die lautstarke Anhängerschaft der Contrada Gans, die bisher die meisten Siege errungen hatte.

Fast zwei Stunden hatte Clas Lutter gewartet, erst ruhig, dann langsam aufgeregter, angespannt.

Jetzt läuten die Glocken vom Rathausturm.

Die Pferde kommen.

Die Fantini in ihren bunten Kostümen, in den Farben der Contrada, für die sie reiten. Schon lange gibt es keine Reiter aus Siena mehr, denen traut man nicht. Wenn man jemand in Siena nicht traut, dann sagt man, er sei ein Fantino. Die Reiter kommen aus Sardinien.

Die Barbareschi, Stallmeister und Bewacher zugleich, führen die Pferde auf die Rennbahn.

Ohrenbetäubender Lärm.

Zwei Hanfseile werden gespannt.

Jetzt werden die Ochsenziemer verteilt.

Es gibt eine Prügelei.

Schon vor dem Start.

Und im Publikum.

O-ca, O-ca.

Tor-re, Tor-re.

Das Rennen ist gestartet.

Die Schnecke kommt am besten weg.

Macht die erste Runde fast allein.

Aber die Gans kommt heran.

Und auch der Turm. Tor-re, Tor-re.

In der Kurve von San Martino passiert es.

Dick mit Matratzen gepolstert.
Der Fantino der Gans wird gegen die Bande geschleudert.
Abgedrängt.
Weggestoßen.
Madonna.
Ein Peitschenhieb hat genügt.
Nach drei Minuten ist alles vorbei. Die Contrada Leocorno, das Einhorn, hat gewonnen.
Aber jetzt beginnt der Kampf erst.
Wie ein Sturzbach strömen die Zuschauer aus dem Innenraum auf die Rennbahn, es wird gerangelt, gekämpft, gerannt.
Ein Sturm der Aggression.
Wie immer warteten Clas Lutter und die Freunde, bis der erste Schwall von Zuschauern den Platz verlassen hatte. Vor Jahren war ihm einmal im Gedränge ein Arm ausgekugelt worden, und er spürte kein Verlangen nach Wiederholung.
Ilaria war sauer, weil Lupa, die Wölfin, mal wieder unter den letzten war.
Würde das Einhorn auch eine Chance im Finale haben? Es war oft so, daß die Sieger der Proberennen im Hauptrennen besonders scharf angegangen wurden.
Die Diskussionen nahmen kein Ende.
Mit dem Einhorn hatte niemand gerechnet.
Clas Lutter hörte es als erster in der Gruppe.
Der Reiter von Oca hatte sich zu Tode gestürzt.

3 Josef M. Bock schloß den Wagen ab, überprüfte sorgfältig die Seitentüren. Er stand auf dem kleinen Platz von Monteriggioni, einem Ort mit einer Burg aus dem 13. Jahrhundert, die schon Dante in seinem ›Inferno‹ beschrieb, dort soll eine »Höllenschlacht der Giganten« getobt haben. Auch das Restaurant ›Il Pozzo‹ in der Mitte der Festungsanlage verdankte seinen Namen Dantes Gesängen.
Der Wirt war etwas überrascht, als Josef M. Bock in die Vorhalle trat. »Buon giorno«, Bock sprach geläufig Italienisch, »ich suche meinen Bruder.«

»Ah, mio amico, si, si.«
Der Wirt führte ihn an einen Tisch am Ende des niedrigen Lokals.
»Ich hatte dich erst heute abend erwartet«, Franz Bock blickte kurz von seinen Spaghetti alla cinghiale auf.
Der Wirt sah die beiden Brüder an. Josef M. Bock bestellte einen offenen Chianti.
Als der Wirt sich entfernt hatte, sagte Josef: »Ich habe eine Maschine früher genommen – es wird dir ja nichts ausmachen.«
Er war fünf Jahre jünger als sein Bruder, hatte gerade die runde Fünfzig erreicht. Sie hatten sich nicht gesehen, seit er in den USA die internationale Division des Konzerns aufbaute. Und das war fast zwei Jahre her.
»Julia kommt erst heute abend, ich denke, es ist besser, wenn sie...«, Franz Bock legte den Löffel zur Seite, nahm einen Schluck Wasser.
Der Wirt brachte den Rotwein, goß ihn vorsichtig ins Glas. Josef probierte, er war zufrieden. Seitdem er vor Jahren die Zentrale in Rom verlassen hatte, bekam er nur selten einen solchen Wein zu trinken.
Die beiden Brüder schwiegen.
Josef bestellte auch eine Portion Spaghetti mit Wildschwein.
»Wie war der Flug?« Franz begann das Gespräch.
»Ganz gut. Ich habe etwas schlafen können.«
»Also – ausgeschlafen?«
»Ich fühle mich gut.«
Josef leerte sein Glas, ohne seinen Bruder aus den Augen zu lassen.
»Ich denke, Julia wird gegen fünf Uhr ankommen, lassen wir ihr etwas Zeit, und dann können wir meinetwegen beginnen. Was meinst du?«
Josef nickte.
Das Restaurant hatte das Flair eines herrschaftlichen Eßzimmers, weiße Decken, viel Silber und Glas auf dem Tisch, die Wände dezent mit Ölbildern dekoriert – toskanische Landschaften, unverwechselbar mit ihren schwarzen Ausrufezeichen. Zypressen, die einzigen Bäume der Welt, die wußten, wo sie für ein perfektes Bild zu stehen hatten.

»Du hast dich nicht verändert, Josef.«
»Ich hab gerechnet, es sind zweiundzwanzig Monate, seit wir uns nicht mehr gesehen haben.«
»Eine lange Zeit.«
Franz Bock stand auf.
»Du entschuldigst.«
Josef lächelte. So hat er es immer gemacht, dachte er, wenn Franz mich nicht aushält, verschwindet er auf der Toilette.
Der Wirt kam und stellte die Nudeln auf den Tisch.
Sie unterhielten sich. Dieses Jahr waren wieder mehr Touristen gekommen, dem Wirt war es recht, obwohl er die Versuchung spürte, sie billiger abzufüttern. Dieses Jahr war ein besonders guter Wein zu erwarten. Da mußte man zugreifen.
»Si, si, mio amico.« Der Bruder aß jeden Mittag hier. Der kleine Wirt lachte.
Franz Bock kam zurück.
»Mio amico.« Der Wirt stellte sich neben ihn, er war einen Kopf kleiner, beide hatten dunkelblondes Haar. Josef konnte sich nicht vorstellen, daß auch Franz sich als Freund des Wirtes bezeichnen würde. Dazu ging er zu sehr auf Distanz.
»Wie sind die Spaghetti?« Franz nahm wieder Platz.
»Meravigliosi.« Josef M. Bock strahlte.
Dann schwiegen sie wieder.
Manchmal trafen sich ihre Blicke. Sie hielten es einige Sekunden aus, dann wandte einer von ihnen den Kopf.
»Ich bin hier Stammgast«, sagte Franz Bock.
»Ja, der Wirt lobt dich, du seist ein guter Esser.«
»Ich werde ihm nachher sagen, er soll für das Nachtessen etwas Besonderes auftischen ...«
»Werden wir dazu Zeit haben?« unterbrach ihn Josef.
»Essen müssen wir.«
Er will eine Pause einplanen, dachte Josef, Verhandlungsstrategie.
Josef M. Bock nahm seine dünne Ledermappe, zog den Reißverschluß auf und holte einige Blätter heraus.
»Hier, da kannst du dich hineinvertiefen, bis heute nachmittag.«
»Was ist das?« Franz Bock griff nicht nach den Blättern, die Josef ihm hinhielt.

»Ein Konzept für eine neue Zeitschrift. Das soll ein Verhandlungsergebnis sein, wenn ich wieder abreise.«
»Josef«, Franz Bocks Stimme veränderte sich, »ich denke, wir sollten heute abend, wenn Julia bei uns ist... so hatten wir es am Telefon vereinbart.«
»Aber du mußt es sowieso lesen. Warum nicht jetzt?«
»Weil ich jetzt esse. Ich warte auf den Fisch.«
Franz Bock tupfte sich den Mund ab, bevor er wieder einen Schluck Wasser nahm.
Josef hielt ihm die Blätter hin. Er hatte sich dieses Konzept von einem amerikanischen Journalisten ausarbeiten lassen, obwohl es eine deutsche Zeitschrift werden sollte. Eine Zeitschrift, in der offene Diskussionen über all die Themen geführt werden sollten, die sein Bruder bereits auf die schwarze Liste gesetzt hatte; eine Zeitschrift, in der die intellektuelle Opposition der Republik mit den Konservativen streiten konnte, in der prononcierte Meinung mehr galt als die Wiederholung von Ja-Sager-Argumenten. Er wollte dieses Projekt bei seinem Bruder durchsetzen, sonst würde er überlegen, seinen Anteil aus dem Konzern herauszuziehen.
»Hättest du das Konzept nicht schicken können?«
»Es ist gerade erst fertig geworden.«
Franz Bock nahm ihm die Blätter aus der Hand. Er holte seine Hornbrille aus der vorderen Tasche seines hellgrauen Baumwollhemds und begann zu lesen.
Als der Wirt die Forelle brachte, kannte Franz Bock das Konzept in groben Zügen.
»Was meinst du?« fragte Josef.
»Ich esse erst einmal.«
»Laß es dir schmecken.«
Josef goß sich zum dritten Mal Rotwein nach.
Er stand auf und beriet mit dem Wirt, was er als Secondo nehmen könnte. Er entschied sich für Kalbfleisch in Weinsoße mit frischen Kapern.
Aus einiger Entfernung sah er seinen Bruder essen. Er hatte das Konzept neben seinen Teller gelegt und las zum wiederholten Male.
Die Überraschung war gelungen.
Wenn Julia erst da war, dann würde Franz sich herausreden,

würde Vorwände suchen, die Entscheidung zu vertagen, würde Bedenkzeit erbitten, so wie es ihm bisher gelungen war, seine Hauspolitik trotz massiver Kritik durchzusetzen.
»Jetzt hast du genug gegessen und gelesen. Also, was ist mit deiner Meinung?« Josef setzte sich an den Tisch. Die weiße Tischdecke hatte einige Flecken abbekommen.
»Ich brauche Zeit, Josef.«
»Die haben wir nicht mehr.«
Dann begann der Streit.
Josef M. Bock wurde als erster laut. Seitdem Franz sich allein um den deutschen Markt kümmere, habe das internationale Renommee des Medienkonzerns gelitten. Ständig werde er darauf angesprochen, ob man in der Bundesrepublik nichts vom modernen Management verstehe, führende Journalisten hätten sich im Ausland über den Bock-Konzern und dessen rüde Methoden in der Personalpolitik beschwert. Die antiliberale Ausrichtung der Blätter sei in Tokio und Sydney bemerkt worden, der neue Konservatismus als Rückfall ins neunzehnte Jahrhundert, Franz solle nicht glauben, daß die ausländischen Partner das nicht genau registrierten. »Man wirft uns vor, daß wir mal wieder ordnungsstaatliche Vorstellungen praktizieren. Ich muß dich ständig in Schutz nehmen, obwohl ich nicht deiner Meinung bin.«
Franz Bock erinnerte ihn daran, daß sie sich die Aufgaben im Konzern geteilt hätten, weil sie nicht zusammenarbeiten konnten. Alte Rechnungen – persönliche Auseinandersetzungen, er wolle das nicht unerwähnt lassen. Was die Ausrichtung des deutschen Marktes angehe, um den er sich seit der Abmachung zu kümmern habe, da hätten die ausländischen Partner nicht hineinzureden, die Absatzzahlen gäben ihm recht, kein Objekt habe in den zwei Jahren Einbußen erlitten. »Mir ist vorgeworfen worden, ich würde den Konzern ›säubern‹. Gut, wenn das andere so sehen. Aber ich sage dir, die Jahre der Schaukelpolitik sind vorbei, und zwar auf lange Zeit. Die Leser erwarten von uns eine klare Linie. – Was diese superkritischen Kläffer von sich geben, interessiert nicht, so wie du in deinem Konzept für die Zeitschrift ...«
Der kleine Wirt stand neben ihrem Tisch, legte den Finger auf den Mund. Aber die Brüder waren nicht zu bremsen.

»Du weißt genau, was das bedeutet, Franz, und du willst den Bruch.«
»Ich will überhaupt keinen Bruch, ich sehe nicht ein, warum du dich nicht an unsere Abmachungen hältst – du hast den internationalen Markt zu organisieren, hast freie Hand auf der ganzen Welt – und ich kümmere mich um den deutschen Markt. Das ist Vertrag.«
»Ich werde meine Anteile aus dem Geschäft lösen.«
»Das wird nicht gehen.«
Franz Bock war aufgesprungen.
Josef versuchte, ruhig zu bleiben.
»Natürlich wird das gehen. Ich lasse mich doch nicht wie einen Idioten behandeln von dir. Die Branche lacht über uns, weil wir so rückständig sind, und du gibst ihr allen Grund dazu.«
»Sie können lachen, ist mir egal. Ich sehe auf die Zahlen, denn die bringen die anderen aus der Fassung.«
Der Wirt versuchte es ein zweites Mal: »Mio amico, per favore...«, aber Franz Bock stieß ihn zur Seite.
Josef schrie: »Du bleibst hier!«
Mit ein paar schnellen Schritten war der Bruder aus dem Restaurant geeilt. Sofort setzte an den Nebentischen Gemurmel ein. Die Gäste sahen neugierig auf Josefs stark gerötetes Gesicht. Der Wirt hob resignierend die Schultern.
Nachdem Josef die Karaffe geleert hatte, bestellte er die Rechnung.
Der Wirt sagte nur: »Mein Freund braucht nicht zu zahlen.«
Sein Gesichtsausdruck war ernst.

Erschöpft stieg er die Eisenleiter hoch.
Dann sah er die weißglänzende Terrasse, in deren Mitte ein Mann stand, das Gesicht mit einer Wollmütze verhüllt.
Im gleichen Moment traf ihn ein Schlag auf den Solarplexus, genau gezielt, er sank zusammen, spürte die Sinne schwinden.
Versuchte, sich gegen die Ohnmacht zu wehren.
Jemand drehte seinen Arm um.
Schmerzhaft.
Wenn er doch nur die Brille aufhätte. So sah er alles nur verschwommen.

Die Hände wurden auf dem Rücken mit einem Klebeband verschnürt, das ins Fleisch schnitt.
Ein Knebel in den Mund gepreßt.
Es mußten drei Männer sein, vielleicht vier, mit dem Mann auf der Terrasse.
Die Augen wurden verklebt.
Schwanken zwischen Bewußtsein und Ohnmacht.
Sie hoben ihn auf die Füße, aber er ließ sich fallen.
Er mußte daran denken, was ein Freund ihm geraten hatte: am besten nicht wehren.
Sie schleiften ihn über den Rasen, untergehakt.
Jemand ging hinter ihm.
Drei Männer, also doch.
Er hatte sich nicht gewehrt, hatte keine Chance gehabt.
Eine Autotür wurde aufgeklappt.
Warum hab ich mich nicht gewehrt.
Das Schwimmen hatte ihn ermüdet.
Wenn ich sie gesehen hätte.
Dann verlor er das Bewußtsein.

4 Es war ein Rausch, ein ständiges Bewegtsein, ein Taumel, Clas Lutter hatte zwanzig Stunden hintereinander gearbeitet: Der Tod des Fantino bewegte ihn.
Er hatte Bilder besorgt, nicht nur von den drei ständigen Fotografen, die von jedem Rennen Bilder schossen, die dann auf dem Corso tagelang ausführlich von den Sienesern diskutiert wurden; Lionello hatte ihm einige Amateurfotos beschafft. Auch Ilaria ließ sich einspannen, um Bilder und Informationen zu besorgen. Soviel stand fest: Der Fantino von Torre hatte zwei gezielte Schläge auf dem Oberkörper seines Gegners gelandet und ihn dann mit der Hinterhand des Pferdes an die Bande gedrückt. Der Ochsenziemer als Mordinstrument.
Clas Lutter schrieb. Besessen von der Geschichte. Als hätte es dieses Unfalls bedurft. All die Jahre, die er nur Zuschauer war, konzentriert in diesen zwanzig Stunden. Er bemerkte nicht, daß Ilaria mitten in der Nacht abfuhr, noch daß sich Lionello gegen fünf Uhr morgens zum Schlafen zurückzog.

Wieder und wieder änderte er den Text, formulierte Bildunterschriften, riß Seiten aus der Maschine. Er wollte alles zusammen haben.
Eine komplette Geschichte.
Seine Geschichte.
Gegen Mittag begann er zu telefonieren.
Er kannte seit Jahren einen Kollegen bei einer großen Illustrierten, dem er dieses Stück anbieten wollte.
Zwei Stunden später hatte er ihn am Apparat.
Clas Lutter sprudelte die Geschichte hervor: »Der Tod des Fantino Vicario Barbero...«, er las Passagen aus dem Text, hektisch, dann stockend, um eine Reaktion zu erspüren.
Hillermayer sagte: »Schön, das ist schön geschrieben. Wie sind die Bilder? Wir leben ja von den Bildern.«
Lutter freute sich: »Kann ich nach München bringen, ich fahre gleich los.«
Es entstand eine Pause.
Hillermayer räusperte sich: »Nein, warte, es ist besser, du wendest dich direkt an unseren Korrespondenten in Rom, dafür sind die ja da, ich kann den nicht übergehen.«
Gegen vier Uhr nachmittags hatte Clas Lutter den Korrespondenten am Telefon.
Immer wieder hatte die Sekretärin ihn vertröstet: noch nicht im Büro, gerade mal rausgegangen, jetzt zu Tisch, noch nicht wieder zurück, es ist gerade nicht möglich, ja, jetzt ist er da.
»Ha i au scho ghört«, sagte er.
Clas Lutter stellte sich den Korrespondenten vor, ein ruhiger Schwabe, der gut gegessen hatte, gut getrunken, nur noch mal in die Redaktion gekommen war, um zu sagen, daß er heute nichts mehr schaffen wolle.
Er versuchte, ihn zu beeindrucken. Erzählte, wie der Fantino Vicario Barbero zu Tode gekommen sei und was er für irrsinnige Bilder dazu liefern könne.
»I mueß erscht mol Rücksproch halte«, sagte der römische Korrespondent, »rufet Sie mi morgen ahn. Gege elf bin i meischt in dr Redaktion. Friher häts koi Zweck, gell.«
»Aber wenn es noch in die nächste Ausgabe soll...«
»Herr Lutter, i woiß ja net mol, ob des guet is, was Sie gschrieben hent.«

Wütend warf Clas Lutter den Hörer auf die Gabel.
Lionello lehnte an der weißgekalkten Wand. In seinem breiten neapolitanischen Akzent sagte er: »Clas, laß doch diese Ärsche, die fühlen nichts mehr.«
Clas Lutter wollte die letzten Stunden nicht umsonst gearbeitet haben, aber direkt nach München fahren, der Preis schien ihm zu hoch.
Lionello, der den ganzen Nachmittag geschlafen hatte, das stoppelige Gesicht voller Schlaffalten, wollte ihn hinfahren. Aber sie wären erst kurz nach Mitternacht angekommen. Sommerzeit, nur die Hälfte der Redaktion wäre anwesend, vielleicht war der verantwortliche Redakteur gar nicht da.
Gegen sechs Uhr gab er den Plan auf, die Geschichte über Vicario Barbero in der Illustrierten unterzubringen. Clas Lutter packte die sauber abgetippten Seiten und die Fotos in einen großen Umschlag.
Immerhin hatte es ihm Spaß gemacht.
Den Kollegen von den ›Schwäbischen Nachrichten‹ wollte er nichts davon erzählen.

Die schwere Limousine glitt schnell über die Superstrada. »Ach Italien, ich hätte doch schon früher kommen sollen«, Julia sah aus dem Fenster.
Drei Stunden Verspätung hatte der Flieger gehabt, Franz Bock fluchte auf die italienischen Verhältnisse. Der kleine Flughafen Peretola in Florenz besaß nicht mal ein Restaurant, und es gab keine Auskunft darüber, wann denn endlich die Maschine aus Mailand eintreffen würde. Er hatte Zeit genug gehabt, über den Vorschlag seines Bruders nachzudenken. Das Konzept, mit dem er ihn überrascht hatte, war eine Provokation, das stand fest. Eine Zeitschrift als Forum für Intellektuelle, Schriftsteller, Künstler, populär aufgemacht mit hoher Verbreitung. Die sollen ihre Meinung lieber für sich behalten, dachte er. Aber es ging Josef gar nicht um die neue Zeitschrift, das Ganze war ein Manöver, um auszuprobieren, wieviel Einfluß er im Konzern hatte. Für Franz Bock gab es nur eine Haltung dazu, er wollte diese Provokation benennen und selbstverständlich ablehnen.
»San Gimignano, da fahren wir auch wieder hin«, Julia strei-

chelte seine Hand, »die Stadt mit den Türmen, wo sich die Familien gegenseitig übertreffen wollten. Wer kann den höchsten Turm bauen lassen!«

Der Medienkonzern Bock hatte seinen Anfang in den neunziger Jahren des letzten Jahrhunderts genommen, als Emil Bock einen Generalanzeiger in Aachen gründete – eine Zeitung für die Massen, mit Anzeigen und Boulevardgeschichten. Die Auflage wuchs von Woche zu Woche. Sein Sohn Johannes erweiterte in den zwanziger Jahren das Unternehmen zu einem Konzern mit papier- und holzverarbeitenden Betrieben, zu dem bereits vier große Zeitungen gehörten, aber ebenso Buchverlage und Anzeigenblätter. Rechtzeitig hatte Johannes seine Blätter braun gefärbt, noch vor der Gleichschaltung durch die Nationalsozialisten. Seinen Söhnen Franz und Josef gab er den Rat, sich nur in geschäftlichen Dingen auf Risiken einzulassen, niemals in politischen Fragen. Als er Anfang der fünfziger Jahre starb, wurden die Anteile der Familie je zur Hälfte auf die Brüder verteilt, die noch kaum Erfahrungen besaßen. Sie gingen geschäftliche Risiken ein, und so verlor der Bock-Konzern nach und nach die meisten Unternehmen, die nichts mit der Presse zu tun hatten. Der eigentliche Aufstieg begann, als der Bedarf an Buntbedrucktem und Feierabendlektüre immer größer wurde.

»Wie ist es dir denn ergangen in diesen drei Wochen ohne mich?« Julia lachte ihn an. »Du bist so schweigsam. Oder ist es das Gespräch mit Josef, was dir Magendrücken bereitet?«

»Es wird nicht leicht sein«, antwortete Franz Bock knapp.

Das Dämmerlicht, das die Farben der toskanischen Landschaft erst richtig zur Geltung brachte, die tausend Grüns, gemischt mit schwarzen Tönen, und das leise Surren der Limousine waren beruhigend. Aber der Streit würde bald weitergehen.

»Was machen die Kinder?« fragte Bock.

»Ich hab Katinka gebeten, nicht gerade in den drei Wochen nach Riciano zu kommen, in denen ich da bin. Sonst haben wir beide ja gar nichts von meinem Urlaub. Aber sobald ich weg bin, wird sie mit Horst ankommen, da wette ich. Ist ja immer billiger, Urlaub mit dir zu machen.« Sie lachte.

»Und Hermann?«

»Hab ich lange nicht gesehen. Aber er ist in der Stadt, soviel ich gehört hab. Das letzte Mal haben wir nur kurz telefoniert, er steckt in einer Krise.«
»Der ist die Krise. Ende Zwanzig und immer noch keinen Boden unter den Füßen.« Bock wollte sich nicht aufregen.
»Bei so einem Vater nicht ganz leicht, Franz. Du weißt doch, Söhne von starken Vätern...«
»Julia bitte, du bist jetzt im Urlaub, laß diese Vereinfachungen.«
Julia May war die zweite Frau, mit der Franz Bock zusammenlebte. Die Kinder aus der ersten Ehe, Katinka, die eigentlich Karin hieß, und Hermann, waren bereits aus dem Haus; beide studierten, weil es ihr Vater so wollte. Julia May war Ärztin, hatte sich in Psychiatrie spezialisiert und war nach einer weiteren Ausbildung an einem Freud-Institut Psychoanalytikerin geworden. Sie zog die eigene Praxis der Arbeit in der Klinik vor und versorgte einen kleinen Patientenkreis in München. Franz Bock hatte ihr finanzielle Sicherheit angeboten, aber sie hatte abgelehnt.
Sie bogen von der Superstrada ab. Nach zwei Kilometern gelangten sie auf einen Feldweg, der zur Villa führte. Seit zwölf Jahren besaßen sie dieses geräumige Ferienhaus, eine toskanische Villa aus dem 17. Jahrhundert, gebaut für fürstliche Bedürfnisse. Bock war daran gelegen, so wenig wie möglich zu verändern. Deswegen gab es auch außer den zwei Kaminen keine Heizung im Haus. »Du kannst dir nicht vorstellen, wie ich mich freue«, sagte Julia, »auch wenn dieses Gespräch mit Josef heute abend noch vor uns liegt. Aber ich laß mir von ihm nicht den Urlaub verderben. Außerdem fährt er doch übermorgen schon ab, oder?«
»Hoffen wir's!« Franz Bock wurde einsilbiger.
Der Wagen hielt an.
Julia sprang auf den Kiesweg und drehte sich ein paarmal um sich selbst. Ihre langen blonden Haare schaukelten im Wind, ihr schlanker Körper war voller Energie. Sie war fast zwanzig Jahre jünger als Franz Bock und genoß die Vorzüge dieses Altersunterschiedes. Bock holte ihre Reisetasche aus dem Kofferraum und ging zum Eingang.
Die Tür war nicht abgeschlossen.

»Josef«, rief er, als er die geschnitzte Holztür aufgedrückt hatte.
Nichts rührte sich.
Bock wiederholte den Namen.
Julia war um das Haus herumgelaufen und betrat die Villa durch die Terrassentür.
»Seine Sachen sind hier, aber er ist nicht da.«
»Wahrscheinlich ist er weggefahren. Er ist doch mit einem Leihwagen aus Rom gekommen, vor dem Haus steht aber kein Auto außer deinem Herrenfuhrwerk.«
»Julia, bitte ...«
Die beiden braunen Koffer, auch die dünne Ledermappe, aus der Josef das Konzept für die Zeitschrift gezogen hatte, standen im Flur.
»Franz, wir sind drei Stunden zu spät, wieso sollte Josef hier so lange warten. Er wird sich in Siena ...«
»Das glaube ich nicht«, sagte Bock.
Julia spürte seine Aufregung.
Franz Bock lief durchs ganze Haus, die vier Schlafzimmer waren unbenutzt, stieß jede Tür auf, die drei Bäder, die zwei großen Wohnräume.
»Wieso ist er nicht da?«
»Franz«, rief Julia aus der Küche.
Bock kam mit schnellen Schritten die Treppe herunter.
Er stand in der geräumigen Küche, sein Gesicht war verschwitzt.
»Du hast gar nichts zum Essen eingekauft.«
»Verdammt, Julia, du weißt genau, um was, ich, ich ... was soll das blöde Essen jetzt ...«
»Beruhige dich«, sie ging auf Bock zu und umarmte ihn. »Das heißt doch, daß Josef wegfahren mußte, wenn nichts im Haus ist.«
Sie ließ ihn nicht los, obwohl Bock nicht auf ihre Umarmung einging. Er stand ungerührt, eine Gipsstatue. Julia mußte sich auf die Zehenspitzen stellen, um ihn zu küssen. Sie brauchte zehn Küsse, um Franz zu einer Reaktion zu bewegen.
»Ich werd im Pozzo anrufen ...«, flüsterte er.
»Josef wird schon noch kommen. Warten wir eben. Außerdem bin ich gar nicht hungrig.«

»Er hätte wenigstens die Terrassentür schließen können«, sagte Franz Bock und ließ sich müde in das seidenbespannte Sofa fallen.

Er wußte nicht, wie lange sie schon unterwegs waren, es konnten Stunden sein, Tage, immer wieder war er hingefallen, seine Beine mußten zerkratzt sein, sein Kopf schmerzte von den Schlägen, die Fahrt mit dem Auto hatte sehr lange gedauert, manchmal fing er an zu zählen, um irgendeine Orientierung zu haben, manchmal konzentrierte er sich auf die Geräusche, ein Hundegebell, ein Glockenturm, erst war es eine holprige Straße gewesen, dann eine glatte, später wieder Pflaster, dann Hohlweg, Waldweg, wie veränderten sich die Sinne, wenn man nichts mehr sehen konnte, wie sehr wurde man zum Hinhören gezwungen, die Männer, die mit ihm im Auto saßen, sprachen nicht ein Wort, all die Stunden, all die Tage, wie lange waren sie schon unterwegs, es war kühl geworden, dann wieder warm, später heiß, er roch die Ausdünstungen der Männer und seine eigenen, immer wenn er hinfiel, rissen sie ihn wieder hoch, wenn er liegenblieb, wurde er geschlagen, die Hände auf dem Rücken, das Blut gestaut in den Gelenken.
So absurd der Gedanke auch war, den Josef M. Bock immer wieder zu verscheuchen suchte, er ging ihm nicht aus dem Kopf: Franz hatte das inszeniert. Er wußte, daß dieser Gedanke lächerlich war, völlig ausgeschlossen, sein Bruder wäre niemals dazu in der Lage, aber der Gedanke hielt sich hartnäckig. Seine Wut hatte eine Richtung. So sehr er sich gegen diese Spekulation wandte, so sehr malte er sich aus, wie Franz alles vorbereitet hatte. Es war klar, er würde Julia abholen, also war Josef auf jeden Fall in der Villa allein. Die Männer brauchten nur auf ihn zu warten. Eine halbe Stunde genügte. Alles war so schnell gegangen. So blitzschnell. Es genügten zehn Minuten, um ihn wegzuschaffen. Dann versuchte er, den Gedanken wieder zu unterdrücken.
Sie hielten an.
Einer riß ihm den Klebestreifen vom Mund.
»Per favore ...«
Jemand schlug ihm in die Magengrube.

Sein Kopf wurde nach hinten gerissen.
Jemand wischte über sein Gesicht.
Das Geräusch des Klebebandes.
Unter großem Druck wurde es auf seinen Mund gepreßt.
»Herr Bock«, eine Stimme, endlich eine Stimme, wie lange hatte er keine Stimme mehr gehört, sein Name, »wir haben Sie mitgenommen«, Italiener, deutlicher Akzent, »wir werden Geld fordern. Wir werden Sie so lange behalten, bis wir das Geld haben«, er liest ab, Josef M. Bock registrierte die stokkende Sprache, »wir haben kein Interesse, Sie zu töten, aber wir werden uns nicht fürchten, das zu tun, wenn es die Lage erfordert. Sie haben die Wahl, entweder ruhig mit uns abzuwarten, bis der Konzern zahlt, oder wir müssen Gewalt anwenden«, als würden sie nicht schon längst Gewalt anwenden, wie gut es tat, daß jemand zu ihm sprach, trotz der ständigen Drohungen. »Wir brauchen Ihre Hilfe, wenn Sie damit einverstanden sind, dann nicken Sie dreimal mit dem Kopf.«
Josef M. Bock nickte.
Dreimal hintereinander. Schnell.
Sein Haarschopf wurde gepackt, der Kopf zur Seite gedreht.
Ein heftiger Schmerz im rechten Ohr.
Heiß.
Es tropfte heiß in sein Ohr.
Wachs.
Sie tropfen mir Wachs ins Ohr.
Der Schmerz.
Größer als alle Schmerzen, die er bis jetzt kannte.
Der Kopf wurde gewendet.
Immer noch das Haar fest im Griff.
Das andere Ohr.
Das Wachs saß wie ein Pfropfen.
Josef M. Bock wollte schreien.
Aber es kam kein Laut aus den verklebten Lippen, nur ein unterdrücktes Würgen.
Ein Aufbäumen.
Sein Kopf schien zu platzen.
Dann wurde sein Haar losgelassen.
Sie haben mich mit Franz verwechselt.

Der Gedanke war plötzlich ganz klar. Er konnte nichts sehen, nichts hören, sein Mund war verschlossen, die Schmerzen am ganzen Körper – aber der Gedanke war deutlich, als stünde er in Stein geschlagen auf seiner Stirn.

5

»Das Einhorn hat gesiegt.«
»Bitte wiederholen!«
»Das Einhorn hat gesiegt.«
Luciano Montesano legte den Hörer auf. Er nickte den anderen Männern zu, die an der großen Glastafel saßen.
Es war kurz nach Mitternacht. Luciano Montesano strich seinen feingestreiften Anzug glatt, rückte die Krawatte an ihren Platz.
Das Büro der vier Geschäftsleute war hell erleuchtet. Eine gläserne Kuppel, die auf den Palazzo wie eine Strahlenkrone gesetzt war.
Auf der großen Glasplatte standen hochprozentige Getränke. In jeder Ecke des weiten Raumes ein Stahlschreibtisch mit Telefon und Bildschirm.
»Ich denke, es sollten zwei Millionen sein«, begann Mario Confreddu das Gespräch. Er war zehn Jahre älter als die anderen.
»Dollar oder D-Mark?« fragte Luciano Montesano, der sich einen grünen Escorial einschenkte.
»Dollar, auf jeden Fall, nicht noch einmal diesen Ärger...«, Franco Cotani beugte sich nach vorne, sein dunkelgrauer Zweireiher warf keine Falte.
»Mark«, knurrte Confreddu, »deutsche Mark.«
»Das ist zuwenig, entschieden zuwenig, Mario«, die helle Stimme von Nino Calergi, der einen goldenen Brandy im Glas schwenkte.
»Genau zwei Millionen«, Confreddu ließ sich nicht beirren. »Den Preis bestimme ich.«
Luciano Montesano stellte sein Glas ab. Er sah, wie Nino Calergi den rechten Schuh auszog und sich am Fuß kratzte. »Laß das«, warf Cotani ein, der die wenig vornehme Geste ebenfalls durch die Glasplatte beobachtete.

»Vier Millionen«, fistelte Nino Calergi und zog schnell seinen Schuh wieder an.
»Das ist sinnlos, mit dir zu reden.« Mario Confreddu lehnte sich zurück, nahm einen tiefen Schluck blauen Curaçao.
Cotani schlug vor, man solle doch abstimmen.
»Das wäre das erste Mal«, Mario Confreddu haute auf den Tisch. Die Flaschen zitterten.
Das Telefon klingelte.
»Venezuela«, sagte Luciano Montesano und nahm den Hörer ab.
»Wir haben ein geeignetes Objekt für Sie gefunden, aber es ist nicht unter einer Million zu haben.« Die Stimme am anderen Ende der Leitung klang ganz nah, fast wie ein Ortsgespräch, über Satellit.
»Dollar oder D-Mark?« fragte Luciano Montesano, der an seinem grünen Likör nippte.
»Dollares, versteht sich. Eine Million. Aber es wirft über 17% Rendite ab. Nicht schlecht. Ihr Geschäftspartner ist die International Hilton Company. Das Objekt ist direkt in Caracas. Sollen wir abschließen?«
»Wir brauchen vierundzwanzig Stunden Bedenkzeit, wie immer.«
Luciano Montesano verabschiedete sich und legte auf.
Er unterbreitete den anderen Männern das Angebot.
»Also gut, drei Millionen«, eröffnete Mario Confreddu neuerlich die Verhandlungen.

Vier Stunden später erwachte Franz Bock. Sein Kopf war dumpf. Langsam stieg er aus dem breiten Doppelbett.
Ein brenzliger Geruch.
Vorsichtig drückte er die Klinke der Schlafzimmertür, schlich nach draußen.
Als er im großen Wohnraum stand, sah er den Feuerschein. Am Hang gegenüber brannte die Macchia.
Er wählte die Nummer des Maresciallo, ließ zehnmal klingeln, bis der sich endlich meldete. Bock schilderte ihm die Lage, der Maresciallo wollte die Pompieri benachrichtigen. Bock bat ihn, ebenfalls zu kommen. Widerwillig sagte der Polizist zu.

Bock legte auf.
Dann fiel ihm Josef ein.
Der Wagen stand nicht vor der Tür, also war er nicht zurückgekehrt. Den ganzen Abend hatten sie gewartet, Franz Bock wollte sich nicht vorwerfen lassen, er würde der Auseinandersetzung aus dem Wege gehen. Er hatte mit Julia die Besprechung vorbereitet, sie hatten eine Art Probegespräch veranstaltet – und dabei eine Flasche Chianti geleert. Julia hatte ihm geraten, im äußersten Konfliktfall einen Rollentausch vorzuschlagen: Josef würde den deutschen und Franz den internationalen Konzern leiten.
Aber es blieb ein Sandkastenspiel. Gegen Mitternacht waren sie zu Bett gegangen, hatten kurz miteinander geschlafen.
»Ist er immer noch nicht da?« Julia stand auf der steinernen Treppe.
»Es brennt«, antwortete Franz Bock.
»Was?«
»Drüben, am Hang. Keine Angst. Der Wind geht in die andere Richtung. Hab schon die Feuerwehr verständigen lassen. Zieh dir was an, der Maresciallo wird gleich hier sein.«
Julia ging die vier Stufen zurück.
Wenn Josef nicht rechtzeitig kam, dann würden sie eben die Verhandlungen vertagen müssen.
Bock beobachtete das Feuer.
Es fraß sich langsam den Hang hoch.
Dieser Sommer war nicht so trocken gewesen wie die letzten Jahre.
Josef hätte wenigstens eine Nachricht hinterlassen können.
Eine italienische Dreiklang-Hupe.
Der Maresciallo.
Bock wollte sich nicht das Schauspiel entgehen lassen, wie der korpulente Polizist aus dem FIAT 126 stieg. Er schaltete die Außenbeleuchtung an.
Die Tür des Wagens ging auf. Zuerst kam das behoste linke Bein heraus, tastete nach dem Boden, als es festen Stand hatte, tauchte langsam das zweite Bein auf – dann saß er meistens fest.
Erst beim vierten Anrucken gelang es dem Maresciallo, seinen breiten Hintern aus dem Polster zu heben, dabei verrutschte

die zur Hälfte zugeknöpfte Uniformjacke so, daß er kräftig daran ziehen mußte, um sie den Vorschriften entsprechend, Knopfreihe über Hosenschlitz, zu tragen.

Als das Manöver beendet war, öffnete Franz Bock die Tür.

Er grüßte den Polizisten mit ernster Miene, führte ihn durch den Wohnraum auf die Terrasse und zeigte auf die brennende Macchia.

Der Polizist nickte eilfertig und versprach, daß die Pompieri damit kein Problem haben würden.

Julia kam die Treppe herunter und begrüßte den Maresciallo.

Bock kannte ihn, seitdem er die Villa erworben hatte. Manchmal steckte er ihm etwas zu, damit er ein Auge auf das Anwesen hatte. Und so war es über all die Jahre gelungen, daß in der Villa Bock nie eingebrochen wurde, anders als in fast allen umliegenden Villen, die Deutsche in der Toskana aufgekauft hatten.

Der Maresciallo fragte, ob man Wasser aus dem Pool zum Löschen verwenden könnte.

Bock gab die Erlaubnis.

Zehn Minuten später war die Feuerwehr da.

Die Männer verstanden ihr Handwerk, legten zwei dicke Ansaugrohre an den Pool und begannen, nachdem sie rund hundert Meter Schlauch ausgerollt hatten, mit den Löscharbeiten.

Julia stand neben Bock und sah zu.

Der Maresciallo dirigierte. Aber der Capo der Pompieri ließ sich von den fuchtelnden Bewegungen des Polizisten nicht beeindrucken. Sie umzingelten den Flammenherd, der sich bereits ziemlich weit nach oben ausgedehnt hatte.

Bock sagte, daß sie wirklich Glück gehabt hätten, bei veränderter Windrichtung hätte Funkenflug auch die Villa bedroht.

»Die Brille«, rief Julia, »sieh mal, da liegt deine Brille.«

Sie bückte sich an den Rand des Trainingsbeckens.

Das Horngestell war unbeschädigt.

Franz Bock nahm sie in die Hand.

»Das ist nicht meine Brille, das ist Josefs.«

Er stockte.

»Ohne die kann er kaum etwas sehen.«

Der kleine Platz von Poggiolo war nur mit einer einzigen 100-Watt-Birne erleuchtet, die brannte Tag und Nacht und wurde einmal im Jahr erneuert. Um die Piazza standen sechs Häuser und eine Kirche. Lionello war der einzige im Dorf, der einen Wagen besaß; die anderen waren Bauern, sie bestellten die Felder und Weinberge ringsum. Der Professor war auch der einzige Mieter. Das Steinhaus an der Südfront des Platzes war nicht gerade komfortabel, aber Freunde und Gäste waren immer willkommen.

»Aufstehen, Clas, wir fahren.«

Lionello rüttelte am eisernen Bettgestell.

Es dauerte einige Zeit, bis Clas Lutter begriffen hatte, wer seinen Schlaf so abrupt beendete. Dann fiel ihm ein, daß der Ausflug nach San Galgano anstand – ein Ausflug, den Lionello jedes Jahr mit ihm veranstaltete. Immer hatten sie sich vorgenommen, die Ruine im Frühlicht zu besuchen, und nie war es ihnen gelungen.

Die Fahrt ging nach Siena, durch die Porta Fontebranda in Richtung Grosseto.

Die beiden Freunde schwiegen. Lionello hatte erst einen Espresso getrunken, und vor dem dritten machte er gewöhnlich nicht den Mund auf. Clas Lutter gähnte, auch er war ein Morgenmuffel.

Sie bogen nach Massa Marittima ab und begannen den Aufstieg über die engen Serpentinen der Colline Metallifere.

Sie hatten sich vor einigen Jahren durch Zufall kennengelernt. Lutter wollte in einem Sommerkurs an der Universität sein Italienisch vervollkommnen und suchte eine Privatunterkunft in Siena, weil er keine Lust hatte, vier Wochen in ein Hotel zu ziehen. Eine Bekannte schickte ihn zu Lionello Punzo, einem Ökonomie-Professor, dessen Studenten in den Sommermonaten gerne ihre Zimmer vermieteten, weil sie entweder bei ihren Eltern oder selbst auf Reisen waren. Lutter lernte sein Italienisch dann am Küchentisch von Lionello, denn der Kursus war eine einzige Grammatikqual, und dabei wollte er sprechen lernen. Lutter hatte unter Protest das Seminar verlassen und sich in Siena vernarrt. Nach seinen ersten Erfahrungen mit dem Palio ließ ihn die Stadt nicht mehr los.

»Wir schaffen es gerade«, murmelte Lionello und beschleunigte die Fahrt.
Der Himmel wurde heller. Ein lichtes Blau und ein rötlicher Schimmer.
Lionello hatte schon drei Zigaretten geraucht, und das bedeutete, daß er bald gesprächig wurde. Er war zweiunddreißig Jahre und ein gefragter Gutachter, der neben seinen Lehraufgaben an der Universität Forschungsaufträge übernahm und damit sein eher schmales Salär aufbesserte. Mindestens alle zwei Jahre hatte er einen Lehrauftrag an einer ausländischen Universität, ein Zeichen der Anerkennung. Lutter bewunderte, wie selbstverständlich sein Freund Karriere machte. Manchmal scherzte er trübe, er könne für sich schon einen Grabstein auf dem Tübinger Bergfriedhof in Auftrag geben.
Die Sonne blinzelte über den Hang.
»Du hättest früher aufstehen müssen, Clas.« Lionello gab Gas, die letzten zwei Kilometer.
Den Hügel hinauf, dann konnten sie die Ruine schon sehen. Ein Dom ohne Dach, ohne Fenster, auf einer dichten Rasenfläche, ein Gebäude ohne Funktion, ein mächtiges Backsteingewölbe mit Pfeilern aus weißem Travertin.
Sie stiegen aus.
Die Eisentür stand offen.
Der Innenraum lag noch im Schatten. Fast kühl, das Gras taufeucht, einige Zikaden zirpten die Sonne herbei.
Der Altar ein bloßer Quader, keine Verzierungen waren geblieben, keine Wandmalereien, nur der schlichte Kirchenbau in seiner Schönheit.
Lionello stieg auf den Altar.
»Die Sonne«, sagte er leise.
Die ersten Strahlen, durch die Fensteröffnungen. Die drei länglichen Fenster, in zwei Reihen, darüber die kreisrunde große Öffnung, das weiße Licht.
Lionello steckte sich eine Zigarette an und hielt Lutter die Packung hin. Clas hatte das Rauchen vor langer Zeit schon aufgegeben.
Der Bau war 750 Jahre alt, achtzig Jahre hatte die Errichtung gedauert, dann war den Zisterzienser-Mönchen das Geld aus-

gegangen, das Kloster verlor an Bedeutung, und so wurde die Kirche nach und nach verkauft, Dach und Fenster, Statuen und Gestühl. Zur Zeit der französischen Revolution wurde das Kloster säkularisiert. Die Ruine ist geblieben.
Eine schöne Ruine.
Als sie eine Stunde später wieder in den Wagen stiegen, fragte Clas Lutter: »Liebst du eigentlich dein Land?«
Lionello verstand die Frage nicht.
Lutter wiederholte sie und fügte hinzu: »Weil du ständig auf Italien schimpfst. Du meinst, anderswo ist immer alles besser.«
Lionello schnaubte durch die Nase.
»Was hat das miteinander zu tun? Wenn ich in San Galgano bin, dann liebe ich mein Land. Wenn ich höre, daß in Comiso in den nächsten Jahren 112 Cruise missiles aufgestellt werden, wie Spadolini gestern im Fernsehen sagte, dann hasse ich es. Wie kann man ein Land nur lieben?«
Clas Lutter hakte noch einmal nach.
»Aber du bist stolz auf dein Land, oder?«
»Du nicht?«
Lutter verneinte.
»Das seid ihr Deutschen! Der Faschismus hat eure Liebe zum Land korrumpiert. Glaube ja nicht, du könntest statt dessen Italien lieben. Das können nur Menschen, die hier auch groß geworden sind. Die können ihr Land lieben und – hassen.«

Der Capitano drehte sich um. »Sie hätten uns sofort benachrichtigen müssen.« Sein Englisch klang ungeübt. Er war wütend.
Sein schwarzer Schnurrbart, die glattgeölten schwarzen Haare, seine schnellen Augen, die gedrungene Figur – ein Städter aus Florenz, dem man den Fall übertragen hatte.
Franz Bock saß auf dem Sofa, unfähig etwas zu tun.
»Wer konnte damit rechnen?«
Der Leihwagen, mit dem sein Bruder aus Rom gekommen war, stand noch vor ›Il Pozzo‹, Josef war mit dem Taxi zur Villa gefahren. Sie hatten sich geirrt.
Julia lief hin und her.
Aufgeregt. Angespannt.

»Noch können wir gar nichts sagen. Ich will Sie auch nicht beunruhigen, aber wir müssen die Fahndung einleiten. Und zwar sofort.«
»Aber ...« Bock versuchte eine Erwiderung, der Satz blieb stecken.
»Wir haben Erfahrung damit. Keine Angst. Wenn wir gestern informiert gewesen wären ...«
Der Capitano gab Anweisungen. Drei Carabinieri schlugen die Hacken zusammen.
»Wir müssen warten«, sagte er.
»Wenn er entführt wurde ...« Wieder ließ Bock einen Satz unvollendet.
»Das steht nicht fest, solange wir kein Zeichen haben. Wenn's die Roten Brigaden waren, wissen wir es morgen, wenn es die Sarden waren, in einer Woche. Das ist die Faustregel. Bisher haben wir nichts entdecken können, keinerlei Spuren. Aber der Waldbrand da oben«, er zeigte aus dem Fenster, »der gefällt mir gar nicht. Das kann Zufall sein ...«
Bock nahm den Kopf in die Hände.
Julia blieb stehen. Aber sie brachte kein Wort heraus.
»Signora, ich weiß, das ist ein Schock für Sie, aber ich muß Ihnen ein paar Fragen stellen. Sind Sie in der Lage zu antworten?«
Bock sah auf den Boden. »Ich werde antworten.«
»Wer wußte, daß Ihr Bruder nach Riciano kommen wollte?«
»Nur unser Generalvertreter in Rom. Das war ein privater Besuch. Ich habe meinen Bruder zwei Jahre nicht ...«
»Aber Ihr Generalvertreter in Rom ...«
»Micheli, Angelo Micheli.«
»Also Signor Micheli hat es anderen Mitarbeitern Ihres Verlages erzählt?«
»Das weiß ich nicht.«
Der Capitano notierte sich den Namen in einem kleinen, roten Heft.
»Wann haben Sie Ihren Bruder zuletzt gesehen?«
»Gestern mittag beim Essen im ›Il Pozzo‹, das sagte ich bereits. Dort steht ja auch der Wagen.«
»Wann war das?«
»Ich kann es nicht genau sagen, eins, halb zwei. Ich bin weg-

gefahren, um Julia, meine Frau, abzuholen. In Florenz. Die Maschine hatte Verspätung. Drei Stunden. Deswegen kamen wir erst gegen halb acht an.«
»Was haben Sie dann gemacht?«
»Gewartet. Ich sagte das schon.«
Der Capitano drehte Bock den Rücken zu.
Das Telefon klingelte. Bock wollte den Hörer abnehmen.
»Warten Sie«, sagte der Capitano barsch. Er nahm den Hörer ab und hielt ihn so, daß beide den Anrufer verstehen konnten.
Es war Micheli.
»Kommen Sie sofort.« Bock sprach deutsch. Er sah den Capitano an, der seinen Kopf dicht an die Hörmuschel hielt.
»Mein Bruder ist entführt worden. Sie werden alles stehen und liegen lassen, machen Sie sich auf den Weg. In Florenz laufen die Ermittlungen zusammen. Schalten Sie sich ein. Ich will das sobald wie möglich geklärt haben.«
Der Capitano wiederholte das Wort »Entführung« und sagte dann auf englisch: »Wie kommen Sie darauf? Ich habe das nicht behauptet. Immer leicht zu sagen, in der Toskana entführt. Bisher ist Ihr Bruder nur verschwunden. Wir wissen gar nichts.«

6 Dieser deutsche Industrielle hatte ihn behandelt wie einen Untergebenen, wie einen kleinen Angestellten, dem man Aufträge erteilt und Leistungen abfordern kann. Seine Frau hatte nicht ein Wort gesagt. Vielleicht war sie stumm oder sprach kein Englisch. Der Capitano glaubte nicht an Zufälle. Der Waldbrand sollte Spuren vernichten, und das hieß: Entführung. Aber so deutlich wollte er es noch nicht sagen.
Er lehnte am Brunnen von Monteriggioni und wartete, daß der Wirt des Ristorante ›Il Pozzo‹ sich zeigte. Sicherheitshalber hatte er den Spurendienst beauftragt, sich auch um den Leihwagen zu kümmern, aber er glaubte nicht, daß sie da einen brauchbaren Hinweis finden würden. Dennoch sollte ihm der Staatsanwalt nicht vorwerfen, er habe etwas unversucht gelassen.

Wie konnte der deutsche Industrielle so naiv sein und glauben, daß sein Bruder einfach verschwunden war? Diese Frage beschäftigte ihn die ganze Zeit.
Eine halbe Stunde später öffnete der Wirt die Läden und winkte den Capitano heran.
Sie tranken Espresso und Grappa und begannen ein Gespräch über Fußball. Was brauchte man schon diese Legionäre, die in der ersten Liga spielten? Jeder Verein, der genügend Geld hatte, kaufte Spieler aus dem Ausland, sogar aus Dänemark. Wo lag das überhaupt? Der Capitano zupfte gelegentlich an seinem Schnurrbart.
Nachdem sie so miteinander bekannt geworden waren, fragte er, welchen Eindruck der Wirt von Josef Bock gewonnen hatte und warum Bock ein Taxi genommen hätte?
»Der war abgefüllt. Vertragen ja nichts, diese Leute. Madonna, eine Flasche Wein. Er hat die Sachen aus dem Wagen geholt, und rein ins Taxi. Dabei hatte er nur eine Flasche...«
Der Capitano ließ sich noch einen Grappa einfüllen. Ob ihm etwas aufgefallen sei?
»Jedem, der hier saß, ist was aufgefallen! Die haben miteinander gebrüllt, daß ich schon die Carabinieri holen wollte. Den einen kenne ich seit langem, der kommt jedes Jahr, mal eine Woche, mal ein, zwei Monate. Der andere war auch schon da. Kaum war das Essen auf dem Tisch, ging es los. Beim Essen, Madonna, so schlecht kochen wir nicht, aber sie ließen sich nicht beruhigen.«
Der Capitano wollte wissen, worum der Streit ging.
»Sie haben deutsch gesprochen, da verstehe ich nichts, außer: zahlen bitte. Aber als er weg war, hab ich die anderen Gäste beruhigen müssen, weil die geglaubt haben, ich hätte zwei Verrückten einen Tisch gegeben. Ein Gast war dabei, der hat etwas verstanden. Anteile verkaufen, Geschäft auflösen, es ging um eine Zeitung irgendwie. Der Deutsche, der immer hierher kommt, besitzt viele Zeitungen.«
Der Capitano nickte. Er war in Florenz bereits darüber informiert worden, wem die Villa in Riciano gehört. Er trank seinen Grappa in einem Zug, legte die Hand über das Glas, als der Wirt nachschenken wollte. Ob sie sich geprügelt hätten, fragte er.

»Nein, das sind Signori, die tun so was nicht. Aber er ist aufgesprungen und hat den ›Pozzo‹ verlassen. So was ist in all den Jahren noch nicht passiert. Er war sehr wütend.«
Der Capitano zupfte an seinem Schnurrbart, als sei er aus der Fassung geraten. Was er denn glaube, was die Folge von einem solchen Streit sein könne?
»Wenn ich mit meiner Frau so streite, dann ist das normal – das machen wir jeden Tag. Aber wenn zwei von diesen Deutschen sich so anbrüllen, poh, das weiß man nie...«

Der Capitano sah die Berichte durch.
Er hatte auf einem Weingut ein kleines Zimmer bezogen und es zum Hauptquartier erklärt. Die Villa lag nur sechshundert Meter entfernt. Rund um das Haus waren Carabinieri verteilt, das Telefon war angezapft, die Post legte eine direkte Leitung für ihn.
Am Nachmittag wollte er nach Florenz fahren und Bericht erstatten. Nur gab es nichts, was er hätte auswerten können.
Wenn überhaupt Spuren vorhanden waren, dann hatte der Waldbrand sie zunichte gemacht. Normalerweise hinterließen die sardischen Entführer eine Mitteilung. Er erinnerte sich an den Fall des Kuchenherstellers Alemagna, dessen achtjährige Tochter entführt wurde, man fand am Tatort einen Zettel, auf dem stand: »Wenn ihr die Polizei einschaltet, ist eure Tochter tot. Wir werden sie umlegen.« In diesem Fall sollen 15 Milliarden Lire gezahlt worden sein, was der Firma den Ruin brachte.
Wo konnten sie eine Nachricht noch suchen? Wenn sie in den Pool geflattert war, dann mußte sie mit dem Wasser in die Macchia gespritzt worden sein. Vielleicht hatte der Deutsche sie aber auch verschwinden lassen. Dem war das zuzutrauen. Um sich seinen Namen zu merken, dachte er an bocca, den Mund, da brauchte er nur das a weglassen. Der Capitano wurde sauer bei dem Gedanken, daß er sich wochenlang in diesem Zimmer würde aufhalten müssen. Er wollte in Florenz nachfragen, ob der Spesensatz nicht erhöht werden konnte. Bei diesen Tapeten konnte er keinen klugen Einfall bekommen.

Angelo Micheli trat von einem Fuß auf den anderen. Nach einigen Telefonaten war es ihm gelungen, den Ersten Staatsanwalt in Florenz zu erreichen. Die Freunde, die er dazu einschalten mußte, waren ihm sehr behilflich gewesen.
Die Sekretärin in dem fast dunklen Raum hatte ihn um einige Minuten Geduld gebeten. Die dicken Fensterläden hielten Hitze und Licht ab, aber im Raum war es so stickig, daß Micheli sich den Schweiß von der Stirn wischen mußte.
Seitdem er italienischer Generalvertreter des Bock-Konzerns war, und das konnte als ein Aufstieg besonderer Art gewertet werden, trug er nur noch englische Anzüge, selbst dann, wenn andere in kurzen Hemden zur Arbeit erschienen. Er kam aus Trento, war zweisprachig aufgewachsen, hatte Universität und Auslandsaufenthalte vorzuweisen, war lange Jahre selbständiger Kaufmann in Palermo gewesen, wo er sich nie recht wohl fühlte. Dann hatte er auf eine Anzeige, die in allen großen italienischen Zeitungen erschienen war, geantwortet, wurde zum Vorstellungsgespräch nach München eingeladen und von Franz Bock persönlich in Augenschein genommen. Sie unterhielten sich über die italienische Küche und warum die meisten Italiener so konservativ an der Zubereitung ihrer Speisen festhielten. Bock gefielen die Argumente von Micheli. Er bekam den Posten, der ihm ein hohes Gehalt und gesellschaftliche Anerkennung in der deutschen Gemeinde in Rom garantierte. Alle Verträge, die mit italienischen Verlagen und Druckereien abgeschlossen wurden, gingen über seinen Schreibtisch. Der Bock-Konzern ließ fast alle seine großformatigen Bildbände in Italien drucken.
Angelo Micheli wußte, was auf dem Spiel stand. Wenn er keine Ergebnisse erzielte, konnte ihn das seine Stellung kosten.
»Wir lassen bitten«, sagte der Staatsanwalt.
Micheli wischte ein letztes Mal den Schweiß von der Stirn und betrat das ebenfalls abgedunkelte Büro.
Der Staatsanwalt war mindestens einen Kopf größer und eine Schulter breiter als er. Neben dem Schreibtisch stand ein Mann, der ihm als der Capitano vorgestellt wurde, der die Ermittlungen leitete. Der Staatsanwalt ließ sich in dem hohen Sessel nieder, ohne Micheli einen Platz anzubieten.

»Ich werde mich selbst um die Ermittlungen kümmern. Das können Sie Ihrem Herrn Bock sagen«, begann der Staatsanwalt seine Ausführungen, »wir sehen ein, daß es sich hier um eine besonders brisante Situation handelt. Wir haben zwar noch kein Zeichen und keine Hinweise auf die Entführer, damit ist auch so schnell nicht zu rechnen, wir gehen – und das werden wir nachher auch Ihrem Herrn Bock mitteilen – trotzdem davon aus, daß es sich um Entführung handelt. Wir haben sämtliche Hotels und Pensionen im Umkreis von fünfzig Kilometern um Siena herum überprüfen lassen, wir haben den Taxifahrer, der bestätigt, daß er den Bruder Ihres Herrn Bock zur Villa Riciano gefahren hat, wir haben bei den Hospitälern angefragt, Resultat negativ – es gibt momentan keine sinnvolle Erklärung, warum der Bruder Ihres Herrn Bock verschwunden sein sollte. Und – lassen Sie mich das auch noch sagen – wir sind uns bewußt, mit wem wir es in diesem Fall zu tun haben.«

»Wie meinen Sie das? Wer Josef Bock entführt hat?«

»Nein, ich spreche von Ihrem Herrn Bock, uns ist bekannt, was für eine einflußreiche Persönlichkeit dieser Mann in Deutschland ist. Deswegen sind Sie doch hierhergekommen, oder irren wir uns?«

Micheli wehrte ab: »Ich denke, wir sollten zusammenarbeiten, schließlich geht es um ein Menschenleben.«

Der Capitano kam um den Schreibtisch herum.

Durch die Ritzen der Fensterläden wurde das Licht gefiltert, in den grellen Streifen wirbelte Staub.

»Sie sollten uns als erstes sagen, warum Josef Bock nach Italien gekommen ist.«

»Ich verstehe Ihre Frage nicht.«

»Wir wollen zusammenarbeiten, haben Sie gerade gesagt. Und wenn ich meine erste Frage stelle, dann verstehen Sie sie nicht! Ich kann sie wiederholen: Warum ist Josef Bock nach Italien gekommen?«

»Geschäftlich, ich weiß nicht ...«

»Doch, doch«, sagte der Capitano, »das genau müssen wir wissen.«

Micheli saß in der Falle.

»Da muß ich Rücksprache ...«

»Micheli, wir wollen den Fall so schnell wie möglich aufklären. Wenn Sie mit Rücksprache arbeiten, dann arbeiten wir nach Vorschrift. Hier geht es um Entführung, und wir brauchen Ihre Aussage.«
»Gut. Es sind geschäftliche Angelegenheiten, wie ich schon sagte. Die Brüder teilen sich die Anteile des Konzerns. Momentan gibt es, sagen wir mal, unterschiedliche Auffassungen über die Verlagspolitik ...«
Der Staatsanwalt unterbrach ihn.
»Was ist Verlagspolitik?«
»Josef Bock vertritt eine marktorientierte Konzernpolitik – sein Bruder hat andere Vorstellungen, er will Politik machen ...«
»Wie schwer wiegen diese unterschiedlichen Auffassungen?« fragte der Staatsanwalt ruhig.
»Was soll das heißen?«
Micheli war sicher, daß er diese Aussage bereuen würde. Er mußte ausweichen.
»Ich will wissen«, sagte der Staatsanwalt, »was dieser Konflikt bewirken kann?«
»Wer weiß das schon?« Micheli hob die Schultern, seine Hände spielten verrückt.
Der Capitano stand ganz dicht neben ihm.
»Sie sind auf der Seite des verschwundenen Bruders, nicht wahr?«
»Wie kommen Sie ...«
»Das sagt mir meine Intuition.« Der Capitano lächelte. Im flirrenden Licht konnte Micheli seine Zähne sehen. »Also war es kein privater Besuch, den Josef Bock seinem Bruder abstattete?«
»Doch. Ganz gewiß. Sie hatten sich fast zwei Jahre nicht gesehen. Die Villa ist das Feriendomizil von Franz Bock.«
Bocca, dachte der Capitano, den muß ich erst mal gesprächig machen.
Der Staatsanwalt dankte Micheli wortreich für sein Erscheinen, er würde ihn unterrichten, sobald es etwas Neues gäbe; für den Abend war eine Unterredung mit »dem Herrn Bock« geplant. Wahrscheinlich würden sie sich noch häufiger sehen.

Micheli hoffte, daß die Schwitzflecken in seinem englischen Jackett nicht zu groß waren. Er würde es schon wieder in die Reinigung geben müssen.

Quinto war aufgeregt.
Der kleine Koch raste durch sein Lokal, von Tisch zu Tisch, wie der Figaro aus der Oper, nahm Bestellungen auf, brachte Wein, stellte Schüsseln auf den Tisch, machte drei Sätze Konversation mit den Gästen, verschwand in der Küche, um gleich wieder mit neuen Köstlichkeiten zu erscheinen.
Clas Lutter hatte Lionello und Ilaria zum Essen in diese Fernfahrerkneipe an der alten Cassia-Straße eingeladen, die toskanische Küche erster Güte bot. Der Wirt schuftete mit vier Frauen, zwei in der Küche, eine an der Theke des Krämerladens, der zum Lokal gehörte, und eine Frau, die mithalf, aufzutragen und schmutzige Teller wegzustellen. Der Vater von Quinto, dessen Heiserkeit berühmt war, stand meist am Tresen des Ladens und gab Kommentare zur Weltpolitik ab und zum Problem der schadhaften Wasserleitungen.
Den ganzen Tag waren sie gefahren, Clas Lutter verliebte sich von neuem in die Toskana, während Lionello ihn von Bar zu Bar kutschierte. Wer hatte schon so einen Reiseführer, der nicht nur die Landschaft zeigte, sondern auch die Menschen zum Sprechen brachte. Ilaria trafen sie, als sie nachmittags zur Piazza del Campo in Siena kamen, um die wenigen ruhigen Stunden in einem Straßencafé zu genießen. Gegen fünf Uhr verließen die Touristen die Stadt.
Quinto brachte gebackene Auberginen.
»Das geht aufs Haus. Von mir. Für meine Freunde.«
Er war schon wieder verschwunden.
Lionello schob sich eine der panierten Scheiben in den Mund, dann summte er drei Töne, die stets anzeigten, daß es ihm schmeckte, und bewegte seine Hand im Takt dazu.
Am hinteren Tisch kam es zu einer lautstarken Auseinandersetzung. Ilaria meinte, es gehe um den Rotwein. Und Lionello erklärte, der Rotweinpreis sei in diesem Jahr wieder gesunken, und deswegen müßte er auch hier billiger sein. Aber wann sei in einem Restaurant schon mal etwas billiger geworden?

»Habt ihr gehört«, Quinto stand wieder an ihrem Tisch, »*il grande tedesco* ist entführt worden.«
»Wer?« fragte Lionello.
»Villa Riciano, *il grande tedesco*. Heute waren die Carabinieri hier, von denen hab ich's.«
»Wer wohnt da?« Clas Lutter schluckte den Bissen herunter.
»Bock, ich hab ein Autogramm von ihm.«
Quinto wischte sich die Hände ab, griff in die Schürze: »Hier. Den haben sie entführt.«
Clas Lutter sah die Unterschrift. Gestochen scharf stand da: Franz Bock.
»Das ist mein Chef!«

Der Capitano und der Staatsanwalt waren ein ungleiches Paar, die gut aufeinander eingespielt waren. Meist überließ der Staatsanwalt dem Capitano das Fragen, faßte aber nach, sobald ihm nichts mehr einfiel. Sie waren zusammen eine Fragebatterie, der eine untersetzt und flink, der andere groß und behäbig.
Sie ließen Franz Bock bei diesem späten Besuch keine Chance. »Aber Sie werden doch einen Grund dafür gehabt haben, mir die Auseinandersetzung mit Ihrem Bruder zu verschweigen? Sie können nicht ernsthaft behaupten, das sei Ihnen entfallen? Von einem Tag auf den anderen. Wie kommen Sie darauf, daß wir nichts davon erfahren? Es ist doch von sehr großer Bedeutung, daß Ihr Bruder im Streit zurückblieb, oder meinen Sie nicht?«
Während der Capitano fragte, sah der Staatsanwalt unentwegt Julia an. Beobachtete sie. Taxierte ihre Überraschung. Verfolgte ihre aufgeregten Gänge.
Bock wollte nicht von seiner Version abrücken, er habe nicht mehr daran gedacht.
»Aber Sie hatten einen Grund, daran zu denken. Schließlich ging es um wichtige geschäftliche Fragen, wie uns Ihr Generalvertreter gesagt hat. Meinen Sie nicht, daß wir gerade in einer solch prekären Situation alle Einzelheiten wissen sollten?«
Es war schon nach 22 Uhr, als die beiden Frager aus Florenz

eintrafen. Sie hatten sich nicht abwimmeln lassen, obwohl Franz Bock sagte, sie würden sich beide nicht sehr wohl fühlen, ob das nicht Zeit bis morgen habe. Dann saßen sie in der Villa und führten ein Verhör.
»Bis jetzt verfolgen wir Theorien, Hirngespinste, Modelle, Spekulationen, und dazu gehört auch, daß Sie uns etwas mit Grund – und das betone ich – verschwiegen haben. Glauben Sie nicht, daß es jetzt an der Zeit ist, uns diesen Grund zu nennen? Wir müssen genau wissen, um was Sie sich gestritten haben, sonst werden unsere Spekulationen anwachsen. Verstehen Sie das?«
»Es sind geschäftliche Dinge, die nur meinen Bruder und mich betreffen. Betriebsgeheimnisse, kennen Sie das Wort nicht? Und wenn Sie noch etwas wissen wollen«, Franz Bock sah auf die Uhr, »das war auch der Grund, warum wir nicht gleich die Polizei gerufen haben, als wir bei der Rückkehr vom Flughafen meinen Bruder nicht antrafen. Sicher – der Streit, wie Sie sagen, ich würde es eine geschäftsinterne Auseinandersetzung nennen, das stand an, aber es ist ein privater Besuch meines Bruders gewesen – dabei bleibe ich.«
»Gut«, resümierte der Staatsanwalt und erhob sich, »dann müssen wir davon ausgehen, daß Sie durchaus nicht uninteressiert daran sein könnten, daß Ihr Bruder so schnell nicht wieder auftaucht, oder – ich will es mal anders ausdrücken – wenn er verschwunden bleibt, kann Ihnen das recht sein.«
Der Capitano sah Julia an.
»Das ist unglaublich«, sagte sie auf deutsch, »wie man uns hier behandelt.«
»Julia, es hat keinen Zweck, so . . .«
Der Capitano bat um eine Übersetzung.
Franz Bock sagte, es sei nichts Wichtiges gewesen.
»Sie wissen, wo Sie uns finden können«, der Staatsanwalt zeigte auf den Capitano, »wir haben unsere Theorien. Ich hoffe, das ist Ihnen jetzt klar.«
Ohne noch etwas zu sagen, drehte er sich um. Der Capitano folgte ihm in geringem Abstand.
Als die beiden die Villa verlassen hatten, platzte Julia los: »Wieso hast du mir das verschwiegen? Du kannst die Polizei hinters Licht führen, aber mich bitte nicht!«

Franz Bock verteidigte sich: »Es war kein Streit, wir hatten eine Meinungsverschiedenheit. Es wurde etwas lauter. Aber die bauschen das nur auf, weil sie nichts in der Hand haben. Der Spurendienst hat nichts entdeckt. Es gibt keine Anhaltspunkte. Was ist da besser, als sich auf den nächsten Verwandten einzuschießen? Sie wollen nur ihre Unfähigkeit vertuschen.«
Julia unterbrach ihn: »Aber du hättest mir von deiner Auseinandersetzung mit Josef erzählen müssen.«
Franz Bock ging zu der langen Anrichte und schenkte sich ein Glas Rotwein ein.
»Du hattest den ganzen Abend Zeit dazu, statt dessen spielen wir sogar noch die Auseinandersetzung durch, und sie hat längst stattgefunden...«
Bock ließ das Glas überlaufen.
»Das ist nicht der richtige Zeitpunkt für einen Streit. Außerdem wollte ich dich nicht damit belasten.«
Mit dem Ärmel seiner Jacke wischte er die Lache auf dem Holz weg.
»Du solltest jetzt nicht trinken«, Julia sah ihn unruhig an. »Glaubst du, daß Josef noch lebt?«

7 Micheli stand die ganze Zeit, er wäre sogar gerne noch ein paar Schritte zurückgegangen, aber hinter ihm war das Büfett, und das stand an der Wand.
»Ich dachte, ich könnte mich auf Sie verlassen, Signor Micheli, aber ich habe mich wohl getäuscht.«
Franz Bock sprach langsam und ruhig. Er hatte Julia gebeten, sie ein paar Minuten allein zu lassen.
An diesem Sommermorgen war der Himmel bewölkt, eine drückende Schwüle kündigte ein Gewitter an.
Die Terrassentür stand offen.
Bock sah auf den Pool.
»Ich hatte Sie gebeten, unsere Freunde einzuschalten, und was machen Sie? Sie lassen sich ausfragen wie ein dummer Junge, der schon weiche Knie hat, wenn die Polizei nur einmal hustet. Ganz gleich, wer meinen Bruder entführt hat, diese

Polizei wird uns keine Hilfe sein. Haben Sie das verstanden?«
Micheli stand in seinem hellgrauen Tweed und sagte: »Sicher, Herr Bock.«
»Erstens, wir brauchen einen neuen Untersuchungsleiter. Aber bitte, das nehmen nicht Sie selbst in die Hand, sondern das muß über das Innenministerium laufen. Wen kennen wir da?«
Micheli zog ein graues Notizbuch aus der Tasche und schrieb mit einem silbernen Kugelschreiber.
»Zweitens, wir müssen alles, und ich sage alles, geheimhalten. Haben Sie heute morgen etwas in der Presse gefunden?«
»Ja, leider. Aber nur in einem regionalen Blatt, da stand, daß die Polizei verstärkt nach einem nicht näher genannten deutschen Touristen sucht.«
»Gut. Pressestrategie – wir sagen nichts, versuchen, daß die Polizei nur in Absprache mit uns Erklärungen herausgibt.«
»Das ist in Italien nicht üblich, Herr Bock.«
»Das wollen wir doch mal sehen.«
Bock diktierte ihm wie einer Sekretärin, und Micheli übernahm diese Rolle ohne Schwierigkeiten.
»Drittens, ich möchte mit Watermann Verbindung haben. Er soll aus dem Urlaub geholt werden.«
Micheli war froh, daß sein Chef aufhörte, ihn zu beschimpfen. Der Auftritt in Florenz war sicherlich blamabel, aber wie konnte er wissen, daß der Capitano schon einen Trumpf in der Hand hielt.
Julia betrat den Raum.
Sie hatte sich die Haare kurz geschnitten. Ungeschickt. Über dem linken Ohr war eine lichte Stelle entstanden.
»Julia, was hast du?« Bock ging auf sie zu und nahm sie in den Arm.
»Micheli, bitte, warten Sie draußen.«
Angelo Micheli nahm seinen kleinen Koffer und verließ den Wohnraum.
»Ich halte es nicht aus, Franz ... du sitzt hier, ich höre, wie du Befehle gibst, so ruhig ... so gelassen, während dein Bruder ...«
»Julia, bitte ...«

Sie ließ sich nicht beruhigen.
»Dieses Warten, daß etwas geschieht und... Die Polizei verdächtigt dich, völlig sinnlos. Dieses Warten, die ganze Nacht hast du nicht geschlafen, aber jetzt...«
Julia biß sich auf die Lippe.
»Du weißt, daß Josef an deiner Stelle ist...«
Franz Bock sog geräuschvoll Luft ein und blies den Atem durch die Nase aus.
»Ja.«
Julia drehte sich um, dann lief sie los. Über die Steinstufen, hinunter zum Pool, am Wasser entlang, den Abhang hinauf. Ein paar Minuten später war sie im Wald verschwunden.
Bock wollte sie rufen, verharrte einen Augenblick.
Dann rief er Micheli herein.
»Wo waren wir stehengeblieben?«
»Watermann verständigen.«
»Ach ja«, Bock nahm seinen Platz auf dem Sofa wieder ein, »ich will einen Arzt im Hause haben, ich denke, Frau May braucht medizinische Hilfe. Wenn es nicht anders geht, soll meine Frau Müllersen unseren Hausarzt bitten, für ein paar Tage hierherzukommen. Viertens, Sie haben sicher eine Einschätzung, was an Forderungen auf uns zukommt.«
Micheli strahlte. Er bückte sich zu seinem kleinen, blauen Koffer und holte einen Hefter hervor. »Ich habe Ihnen bereits alle Entführungsfälle der letzten zwei Jahre zusammenstellen lassen, Herr Bock. Bitte sehr.« Er überreichte Bock die Fotokopien mit großer Geste.
»Sehr gut. Ich werde mich nachher in die Unterlagen vertiefen. Aber Sie haben meine Frage nicht beantwortet.«
Micheli schluckte zweimal, dann hustete er. »Ich denke, Sie müssen mit mehreren Millionen rechnen. Soviel ist...«, der Rest des Satzes ging in einem neuerlichen Hustenanfall unter.
»Warten wir. Signor Micheli, ich möchte eins klarmachen, ich muß mich in dieser schwierigen Lage voll und ganz auf Sie stützen können. Sie haben die größere Erfahrung hier in Italien, ich brauche jemand, der sich wirklich kümmert. Kann ich mich da auf Sie verlassen, oder sollen wir noch jemand hinzuziehen?«

Micheli hatte gewußt, daß diese Frage irgendwann gestellt werden würde, und er hatte auch schon eine Antwort parat.
»Das ist mein Job, Herr Bock.«

Clas Lutter sah auf die Armbanduhr und war verärgert. Er hatte verschlafen. Lionello war zu seinem Sommerseminar gefahren und würde nicht vor dem Abend zurück sein.
Er ging in die Küche und stellte die Espresso-Maschine auf den Herd.
Die Dusche weckte ihn vollends und brachte ihm einen guten Einfall. Ilaria konnte ihn fahren.
Er wählte ihre Nummer.
»Hast du etwas vor heute?« fragte er ohne Umschweife.
»Nein, ich bin gerade erst aufgestanden. Mal sehen.«
»Ich würde gerne zu der Villa fahren, von der Quinto gestern abend erzählt hat.«
Ilaria sagte zu. Eine halbe Stunde später wollte sie in Poggiolo sein.
Clas Lutter ging in die Küche und wartete auf das Zischen des Kaffees. Der Geruch, der aus dem kleinen, silbrigen Kännchen verströmte, hatte belebende Wirkung. Der Pawlowsche Effekt setzte ein. Er griff nach der Kanne und verbrannte sich, wie fast immer.
Die heiße, dickliche Flüssigkeit, die mit dem Zucker verrührt zu einer vollen Mahlzeit wurde, der brennende Geschmack in der Mundhöhle, das war ein morgendliches Ritual, das Lutter auch in Tübingen beibehielt.
Er mußte nach dem Palio, am 16. August, abreisen, es würde wieder eine Nachtfahrt werden, hoffentlich war der Zug diesmal pünktlich.
Während er die zweite Tasse Espresso trank, überlegte er, ob schon andere Journalisten zu der Villa gefahren sein könnten. Auf jeden Fall hatte er seinen Presseausweis in der Tasche.
Er saß nackt in der Küche und spürte die Hitze des Tages. Wenn er nicht gerade geduscht hätte ...
Clas Lutter stand auf und ging zum zweiten Mal ins Badezimmer. Schaden konnte es nicht.

Ilaria stoppte den Wagen.
Der Carabinieri gab das Zeichen, die Scheibe herunterzudrehen. Er könnte niemanden durchlassen.
Clas Lutter hielt ihm seinen Ausweis hin.
Der Polizist wußte nicht, was er damit anfangen sollte. Er ging hinüber zu dem blauen Alfa, der quer zur Einfahrt geparkt war.
Clas Lutter stieg aus.
Von der Villa war nichts zu sehen. Der schmale Weg verschwand in einem Waldstück.
»Ich bin Journalist, ich arbeite für Bock«, sagte Lutter und zeigte auf seinen Ausweis.
»Wir müssen Rücksprache nehmen«, antwortete der Polizist, der im Alfa saß.
Lutter steckte den Kopf durch die offene Scheibe in den Wagen, aber der Carabinieri, der ihm den Ausweis abgenommen hatte, zog ihn heftig zurück. »Moment«, kommentierte er.
Es dauerte eine ganze Weile.
Lutter sah Ilaria, die mit den Händen auf dem Lenkrad trommelte.
»Kannst du warten? Ich will nur sehen, ob man mich reinläßt. Dann kannst du fahren.«
»Ich bin kein Taxi«, erwiderte Ilaria. »Jetzt bleibe ich auch hier, bis du wieder rauskommst.« Sie lachte. »Das ist dir doch nicht unangenehm?«
Er mochte Ilarias Lachen, das sie oft so unverhofft zeigte.
»Danke.«
»Sie können hoch. Aber nur Sie.« Der Polizist reichte ihm den Presseausweis zurück.
»Zu Fuß.« Er wies auf den staubigen Weg.
Clas Lutter drehte sich noch einmal um, sah Ilaria nicken und ging an dem Alfa vorbei.
Franz Bock öffnete die Tür.
Clas Lutter war einen Augenblick völlig konsterniert. »Ich dachte, Sie seien entführt . . .«
Bock nahm seine Hand und zog ihn ins Haus.
»Mein Bruder Josef. Aber woher haben Sie das?«
»Gestern abend bei Quinto, das ist ein kleines Restaurant, direkt an der Straße, da hab ich's gehört.«

»Es ist glücklicherweise noch nicht durchgesickert, aber wenn die Polizei weiter so ...«
Lutter stellte sich vor, sagte, daß die ›Schwäbischen Nachrichten‹ seit acht Jahren zum Bock-Konzern gehörten.
»Wie finden Sie unseren Einfluß auf die Zeitung?« fragte Bock mit lauter Stimme.
»Durchschlagend«, antwortete Lutter, »sogar der lokale Chefredakteur ist ausgewechselt worden.«
Bock sah Lutter an. »Gut so. Ich denke, nur so kann man Verlagspolitik machen.«
»Mir war der alte Lokalchef lieber.«
»Das kann schon sein, aber ... Warum sind Sie gekommen?«
Bock machte keine Anstalten, das Gespräch im Sitzen weiterzuführen.
»Ich dachte, ich könnte helfen.«
Bock zog die Augenbrauen hoch. Seine Hornbrille bekam damit einen doppelten Rand.
»Für einen Journalisten eine ungewöhnliche Antwort, finden Sie nicht? Aber ich danke für die angebotene Hilfe. Ich kann jeden Mann an Bord gebrauchen. Nur keinen Journalisten, damit wir uns da recht verstehen.«
Bock erzählte, daß sein Bruder Josef seit zwei Tagen verschwunden sei, die Polizei gehe davon aus, daß man ihn entführt habe. Er glaube das inzwischen auch. Bisher gebe es keine Zeichen der Entführer. Sie müßten also warten. »Das Herumsitzen und zum Nichtstun verdammt zu sein, das ist das Schlimmste. Und natürlich auch die Sorge, was mit meinem Bruder geschieht. Soviel ich mich informiert habe, muß ich damit rechnen, daß mein Bruder Qualen zu erleiden hat.«
Bock senkte die Stimme. »Ein schlimmer Gedanke. Meine Frau ist am Ende, obwohl das Warten gerade erst angefangen hat. Und ich weiß nicht, wie lange ich das durchhalte. Wir haben einen Arzt ... Entschuldigen Sie, Herr ...«
»Clas Lutter.«
»Ich sollte Ihnen etwas zu trinken offerieren, wenn Sie schon so freundlich Ihre Hilfe anbieten.«
Clas Lutter wollte Ilaria nicht warten lassen, aber er konnte nicht nein sagen.

Als er fünfzig Minuten später die Villa verließ, wußte er, warum sein Chef im Konzern den Spitznamen »Big Bock« trug.

8

Zwei Tage später erschien im ›Corriere della Sera‹ ein Artikel.

CHEF DES MEDIEN-GIGANTEN BOCK ENTFÜHRT
Brigate rosse wieder aktiv

Unter ominösen Umständen ist uns ein Brief zugespielt worden, in dem die BR die Verantwortung für die bisher geheimgehaltene Entführung des deutschen Industriellen Josef M. Bock übernehmen.
Hier der Wortlaut:

> *»Wir haben den Unternehmer Josef Bock entführt, einen deutschen Kapitalisten, der im Ausland seine Geschäfte treibt. Mit diesem Schlag gegen die internationale Ausbeuterklasse ist es uns gelungen, der Arbeiterklasse einen Dienst zu erweisen. Die Roten Brigaden.«*

Wie Capitano Luigi Sentini, der die Untersuchung in Florenz leitet, bestätigt, ist der deutsche Unternehmer seit dem 5. August nicht auffindbar. Verwertbare Hinweise über die Entführer gab es bisher nicht. Sentini bestätigt den Eingang des Bekennerbriefes, aber er trifft keine Feststellung darüber, ob das Schreiben echt ist.
Für die Echtheit spricht, daß, wie im Fall des christdemokratischen Politikers Ciro Cirillo, der Ende April entführt worden war, offenbar wieder der populistische Flügel der Terrororganisation zugeschlagen hat. Die Terroristen schlagen dort zu, wo soziale Konflikte vorhanden sind. Sie wollen, so ein römischer Justizangestellter, »auf dem Tiger des Proletarier-Zorns« reiten. Als Preis für die Freilassung Cirillos, der für das Bauwesen verantwortlich ist, verlangten die Roten Brigaden Hilfe für die Armen von Neapel: Wohnungen für 3500 Menschen, die seit dem Erdbeben immer noch keine Unterkunft haben, sowie finanzielle Unterstützung für arbeitslose Neapolitaner. Beide Forderungen wurden erfüllt, Cirillo

am 24. Juli wieder freigelassen. Allerdings nur »auf Bewährung«.
Im Fall des deutschen Unternehmers Bock handelt es sich um den Mitbesitzer eines Medienkonzerns, der auch in Italien seit Jahren große Geschäfte tätigt. Er besitzt Anteile an rund vierzig Zeitungs- und Buchverlagen.
Die Polizei erwägt einen Großeinsatz nach dem »Plan Zero«.

Er konnte wieder hören, die Ohren voller Geräusche, die Taubheit aufgehoben, wie lange lassen sie mich zuhören, er schützte Ohnmacht vor, lag auf der Seite, zusammengekrümmt, die Tage waren Nächte gewesen, immer gleiches Dunkel, und irgendwann gab es Essen, die Notdurft verrichtete er im Beisein zweier Männer, die ihm die Hose runterzogen, die Kapuze fest um den Kopf gebunden, sie hatten die Klebestreifen mit einem Ruck abgerissen, für Sekunden sah er Licht, wann war das, gestern, vorgestern, gerade eben, jetzt konnte er hören, es rauschte in den Ohren, ein Rauschen und wilde Streiterei, eine helle Stimme konnte er ausmachen, er blieb liegen, wenigstens hatten sie ihn nicht mehr geschlagen, mit den Händen tastete er seine Umgebung ab, ein Zelt, aber der Radius der gebundenen Hände war nicht groß, seine Füße mit einer Kette gefesselt.
»Seid ihr komplett verrückt geworden? Was macht ihr mit dem Mann?«
Josef M. Bock versuchte, sich nicht zu bewegen. Seitdem er hören konnte, hatte sich seine Situation gebessert.
»Ich kriege doch nichts aus ihm raus. Ihr habt das zu verantworten. Ihr Idioten.«
Der Verlust des Zeitgefühls war das schlimmste, nachdem die Schmerzen aufgehört hatten. Was bedeutete jetzt noch sein Büro in New York, sein Haus im Engadin? Was wollte er mit seinem Bruder diskutieren? Alles war so weit entrückt, daß er sich nur schwach darauf besinnen konnte. Er hatte Angst, verrückt zu werden. So verrückt wie seine Lage war.
»Wir müssen ihn wieder hinkriegen. Jetzt faßt schon mit an.«
Josef M. Bock machte keine Anstalten, sich aufzusetzen, er ließ sich hochziehen, sank langsam wieder zur Seite, ein har-

ter Gegenstand wurde rechts neben ihn geschoben, seine Hände konnten ihn nicht ertasten. Auf der linken Seite hielt ihn jemand fest.

»Wie heißen Sie?«

Die helle Stimme.

Bock reagierte nicht.

»Wie heißen Sie?«

Der gleiche Tonfall, die gleiche Melodie. Wie lange hatte er keine Stimme mehr gehört? Er konnte ihr stundenlang zuhören. Sie erinnerte ihn ein bißchen an seinen Onkel.

»Wie heißen Sie, Signor? Verdammte Idioten, er weiß nicht mal mehr seinen Namen. Wir müssen ihn zum Sprechen bringen. Können Sie mich verstehen? Wenn Sie mich verstehen, dann nicken Sie mit dem Kopf.«

Josef M. Bock nickte. Heftig. Ein Kontakt war hergestellt. Da war jemand, der ihn ansprach. Es lag etwas Seltsames in dieser Stimme. Als sei eine Spannung darin, als biege jemand einen Stab aus Holz.

»Wenn Sie nicht sprechen können, dann nicken Sie.«

Josef M. Bock reagierte nicht.

Sein Gesicht zuckte.

Ein paarmal.

Dann verlor er das Bewußtsein.

Ein scharfer Geruch in seiner Nase.

Heiß.

Wie kochendes Wasser.

»Wie heißen Sie?«

Bock schüttelte den Kopf. Wie lange hatte er nicht gesprochen? Immer wieder war der Klebstreifen über seinen Lippen erneuert worden, nach dem Essen, die Lippen brannten, glühten, waren angeschwollen und entzündet, gierig hatte er gegessen, wie ein ausgehungertes Tier, ganz gleich, was sie ihm in den Mund schoben, er hatte sich einmal vorgenommen, nichts zu essen, aber sobald der Klebestreifen entfernt war und er das Essen roch, war sein Vorsatz gebrochen, er trank aus der Flasche, Wasser, literweise.

Die Nasenflügel vibrierten.

Ganz entfernt hörte Josef M. Bock ein Flugzeug.

Sie werden mich finden.

Clas Lutter las den Artikel im ›Corriere‹ zum dritten Mal. Als könnte er zwischen den Zeilen etwas entdecken.
Das Arbeitszimmer Lionellos, von dem aus er weit übers Land sehen konnte, war der einzige kühle Raum im Haus. Der rotgeklinkerte Steinboden, die weißgekalkten Wände hielten die Kühle, das große, vierflügelige Fenster zeigte nach Norden. Zwei Wände waren mit Ökonomie-Büchern vollgestellt, Manuskripte türmten sich in den Regalen.
Der Artikel hatte viel von einem Ratespiel. Schon der Anfang »Unter ominösen Umständen« wies auf schlechte Recherche hin, Lutter hätte sich das nie erlaubt. Hatte der Capitano eine Aussage über die Echtheit des Bekennerbriefes abgegeben oder nicht? Bei den ›Schwäbischen Nachrichten‹ nannte man das ›Locken auf einer Glatze drehen‹, wenn einer nicht wußte, was er schreiben sollte. Die Andeutung des »Plan Zero« konnte ja wohl nicht heißen, daß die Polizei überhaupt keinen Plan hatte.
Ein krachender Laut. Clas Lutter dachte, ein Fenster sei von einer heftigen Böe aus der Halterung gerissen worden.
Er sprang auf, der bequeme Holzstuhl kippte um.
Zwei behelmte Polizisten standen in der Tür, Maschinengewehre auf ihn gerichtet.
Clas Lutter riß die Arme hoch.
Er stotterte seinen Namen. Sagte, daß er Deutscher sei. Stotterte seinen Beruf. Sagte, daß er im Urlaub sei. Dann hielt er inne.
Zwei Hände griffen ihn ab, obwohl er nur mit einer Unterhose bekleidet war. Er hörte, wie im tieferliegenden Eßraum ein Tisch umgestürzt wurde, danach krachten Bilder.
Aus der Küche rollten Apfelsinen.
Clas Lutter wagte nicht, sich zu rühren. Er hatte keinen Zweifel daran, daß sie die Maschinengewehre benutzen würden.
Ein Carabieniere ohne Helm forderte seine Papiere.
Vorsichtig setzte Lutter sich in Bewegung, mit erhobenen Armen. Der Polizist dicht hinter ihm.
In seinem Zimmer lag die Brieftasche direkt neben dem Bett. Aber Bett und Nachttisch waren umgestürzt worden. Lutter suchte zwischen Büchern und zersprungenem Wasserglas seinen Paß.

Mit hochrotem Kopf reichte er ihn dem Carabiniere, der ihn an sich nahm, als habe er schon lange Anspruch darauf.
Lutter sah aus dem Schlafzimmerfenster auf die kleine Piazza von Poggiolo. Drei gepanzerte Polizeifahrzeuge, vier schwere Moto Guzzi, ein offener Feldwagen mit der Einsatzleitung.
Aus Lionellos Haus kamen zwölf Behelmte.
Die Aktion war beendet.
Erst als die Wagenkolonne sich in Marsch setzte, verließ Clas Lutter seinen Platz.
Er rannte zum Telefon.
Wählte die Nummer der ökonomischen Fakultät in Siena.
Er stellte fest, daß die Schnur aus der Wand gerissen war.

Die Aktionen nach dem »Plan Zero« liefen auf vollen Touren. Anders als im Fall Moro hatten die zuständigen Stellen auf nationaler Ebene Einsicht in den Plan, inzwischen war er vervielfältigt worden. Sein Erfinder Antonio Fariello, Leiter der staatlichen Polizeikräfte, war zufrieden. Bei der Aktion wurden landesweit über 200000 Polizisten eingesetzt, 70 Flugzeuge und Hubschrauber, 45000 Straßensperren errichtet, 1477 Razzien durchgeführt, 32000 Hausdurchsuchungen vorgenommen, insgesamt wurden mehr als vier Millionen Personen kontrolliert, die Zahl der überprüften Fahrzeuge lag bei rund zwei Millionen. Der Computer hatte sogleich achtunddreißig verdächtige Personen ausgespuckt, von denen allerdings vier in Haft waren, zwei im Ausland, und zwei Fotografien nachweislich ein und dieselbe Person zeigten. Die Chefs von SISMI, dem militärischen Geheimdienst, SISDE, dem zivilen Geheimdienst, unter der Leitung von CESIS, einem direkt dem Ministerpräsidenten unterstellten Büro, übernahmen die Koordination.

»Ganz schön heiß hier«, der dickliche Herr mit dem roten Haarschopf grinste. Er hatte sich als Franz Pfister vom Bundeskriminalamt vorgestellt und seine Hilfe angeboten, auf jeden Fall waren er und seine Beamten in der Nähe. Im Garten hatten sie bereits ein Zelt aufgeschlagen, um die teuren Funkgeräte und Computer vor der Sonneneinstrahlung zu schützen.

Der Staatsanwalt fragte Bock, in welcher Sprache man sich unterhalten sollte. Bock schlug Englisch vor, was aber Pfister nur mäßig beherrschte. Der Staatsanwalt war damit einverstanden.
Sie hatten auf dem Sofa Platz genommen und sahen nach draußen. Am Rand der Macchia standen die Polizisten in der Sonne. Belagerungszustand.
Pfister fragte, ob er etwas zu trinken haben könnte.
Bock bat um Geduld, seine Frau sei dabei, Getränke vorzubereiten.
Der Staatsanwalt, dessen breites Gesicht mit Stoppeln übersät war, begann das Gespräch.
»Herr Bock, ich möchte, bevor wir hier weitere Schritte der gemeinsamen Arbeit überlegen, eine Bemerkung vorausschicken. Wenn Sie gestatten.«
Bock nickte. Pfister war etwas verstört.
»Mit der Veröffentlichung des Bekennerbriefes in der heutigen Presse hat sich die Lage verändert. Seit unserem letzten Zusammentreffen sind also die Faktoren verschoben. Um mich anders auszudrücken, die Koordinaten dieses Verbrechens liegen jetzt klar vor uns.«
Er unterbrach sich, als müsse er nach Luft schnappen.
Pfister rutschte auf seinem Sitz, sah verzweifelt Bock an, der sich aber nicht um ihn kümmerte.
Julia kam herein und stellte wortlos drei hohe Gläser mit Saft auf den niedrigen Tisch.
»Ich lege mich hin«, sagte sie.
Pfister sprang auf.
»Wir haben einen Mann dabei, der sich in Erster Hilfe auskennt, er hat einen Schein . . .«
»Nein, vielen Dank«, sagte Julia leise.
Sie zog die Tür hinter sich zu.
Der Staatsanwalt griff nach dem Glas und leerte es, ohne auch nur einmal abzusetzen. Dann begann er von neuem: »Es steht für uns noch nicht ganz fest, ob wir diesem Bekennerbrief trauen können, aber zunächst bleibt uns nichts anderes übrig. Es ist ja durchaus nicht ausgeschlossen, daß die Roten Brigaden einen Sinn darin sehen, einen Mann vom Kaliber Ihres Bruders . . .«

»Kaliber?« fragte Franz Bock, der schluckweise seinen Saft zu sich nahm.
Pfister tauchte hinter seinem Glas weg. »Sollten wir nicht erst einmal die Fakten ...«, es war nur ein schwacher Versuch, der ohne Folgen blieb.
»Ich meine, vom Einfluß Ihres Bruders, bitte verstehen Sie mich recht. Auf jeden Fall möchten wir, ich meine, ich möchte nicht den Eindruck erwecken, als hätten wir Ihnen unterstellt ... Ich habe mit dem Capitano, der die Untersuchung leitet, gesprochen, also es ist uns nicht daran gelegen, daß Sie vielleicht den Verdacht hegen ...«
Bock setzte sein Glas ab.
»Sie wollen sagen, daß Sie mich nicht mehr verdächtigen.«
Der Staatsanwalt, ein Mann von Anfang Sechzig, der bereits kein schwarzes Haar mehr besaß, nickte voller Inbrunst, fast devot. Er hatte den Capitano aus dem Schußfeld gezogen, damit nicht in den nächsten Tagen die Untersuchung in andere Hände gelegt wurde.
»Ich nehme das zur Kenntnis«, schloß Bock und wandte sich an Pfister. »Bringen Sie Neuigkeiten aus Wiesbaden mit?«
Pfister räusperte sich und begann in stockendem Englisch seinen Bericht: »Die Frage, die uns am meisten beschäftigt ist: Die Roten Brigaden müssen eine schlechte Logistik haben, wenn sie Ihren Bruder entführen, wo sie doch eigentlich Sie entführen wollten. Es sei denn, sie haben das mit besonderer Absicht getan. Das würde bedeuten, daß es innerhalb Ihres Hauses, sagen wir im italienischen Zweig, Zuträger zu den Roten Brigaden gibt.«

9 Der Kameramann wechselte das Objektiv, die Einstellung sah zu sehr nach Ferienstimmung aus. Der Toningenieur schob die Kopfhörer über das lange, blonde Haar und hörte über Mikrofon, was der Reporter und Franz Bock miteinander besprachen.
Drei Stunden hatten sie warten müssen, bis der deutsche Unternehmer zu einem Interview bereit war. Eigentlich wollte er gar keine Fragen beantworten, sondern lieber eine Stellung-

nahme abgeben. Aber der Reporter blieb hartnäckig, eine Stellungnahme sei im Fernsehen wirkungslos. Und gerade um Wirkung sollte es doch gehen.
Die Carabinieri mußten den Ring um die Villa in Riciano enger ziehen. Seitdem die Meldung von der Entführung durch die Roten Brigaden über die Ticker gelaufen war, kamen stündlich neue Pressejournalisten an. Es waren zwanzig Teams aus verschiedenen Ländern und mehr als fünfzig Zeitungsschreiber.
Mitte August und so eine Geschichte.
Bock war zu einem einzigen Interview bereit, das sollte für das italienische Fernsehen sein. Später ließ er zum gleichen Termin auch die deutschen und amerikanischen Kameras zu. Er sagte, die anderen könnten sich das Material dann besorgen. Es gab einen Aufstand unter den Journalisten. Die Zeitungsschreiber schimpften auf die Fernsehtypen, weil die immer bevorzugt würden, das französische Team schimpfte auf die Kollegen von CBS und RAI.
Auch als bekannt wurde, daß Bock nur einmal vor die Kameras treten wollte, rückten die anderen Journalisten nicht ab. Sie warteten auf ihre Chance.
Entführung in Italien war nicht gerade ein neues Thema, die Fälle zählten in die Hunderte, aber ein deutscher Konzernchef, Mitbesitzer eines großen Medienunternehmens, der jetzt selbst für die Schlagzeilen des Sommerlochs sorgte, das war schon einen Einsatz wert.
Der Reporter des italienischen Fernsehens war ein Herr über Fünfzig, silbriges Haar und grauer Schnäuzer, eine elegante Sportbrille auf der Nase und die Attitüde eines Opernregisseurs. Er war fest entschlossen, Bock einige Geheimnisse des Konzerns zu entlocken, wenn der Unternehmer seinen Sermon beendet hatte. Schließlich gab es nur selten Gelegenheit, so einen Medienchef vor die Kamera zu bekommen. Obwohl sie die Öffentlichkeit belieferten, waren sie selbst und ihre Betriebe keineswegs öffentlich.
Franz Bock wechselte das Freizeithemd gegen ein gebügeltes graues Baumwollhemd, band sich einen Schlips um und bat den Reporter um ein Vorgespräch.
»Wir sind uns einig, daß wir eine kurze Stellungnahme auf-

nehmen«, begann Bock und sah über den Reporter hinweg, »danach dürfen Sie zwei Fragen stellen.«
Der Italiener war verdutzt. Noch vor einer Viertelstunde hatte die Absprache ganz anders gelautet.
»Nein«, protestierte er volltönend, damit auch die Kollegen hören konnten, was er sagte, »wir wollten ein richtiges Interview machen. Darin können Sie Ihre Stellungnahme ...«
»Fangen wir an«, sagte Bock ungerührt.
Er stellte sich in Positur, sah direkt in die Kamera.
Der Reporter machte keine Anstalten, die Kommandos für das Team zu geben.
»Nun stellen Sie schon an«, Bock wiederholte seine Aufforderung deutsch und englisch.
Die Kamera- und Tonmänner gehorchten.
Ein kurzer Windstoß ging über die Terrasse und bewegte die Gläser auf der Bar.
»Ich bin tief besorgt um das Leben meines Bruders. Der schändliche Akt der Entführung durch die Roten Brigaden gilt ihm und mir in gleicher Weise. Dennoch möchte ich betonen, daß Italien mich stets mit großer Gastfreundschaft aufgenommen hat und zu einer zweiten Heimat geworden ist.«
Franz Bock wechselte den Tonfall.
»Josef, wenn du mich jetzt sehen und hören kannst, Julia und ich, wir fühlen mit dir. Wir werden alles unternehmen, um dich bald wieder bei uns zu haben.«
Bock sah den Reporter an, der das Mikrofon wie eine Kerze hielt.
»Herr Bock, werden Sie den Forderungen der Entführer nachgeben?«
Bock überlegte einen Moment und antwortete: »Bisher haben die Entführer keine Forderungen gestellt. Zweite Frage!«
»Können wir davon ausgehen, da Sie selbst mit Ihrem ganzen Unternehmen für die Öffentlichkeit in vielen Ländern tätig sind, daß wir unterrichtet werden, sobald sich weitere Neuigkeiten ergeben.«
»Ja«, Bock zögerte, »wenn es meinem Bruder nicht schadet. Meine Herren, ich danke Ihnen für das Gespräch.«
Bock sah in die Runde: »Und meine Dame.« Er hatte die deutsche Kameraassistentin entdeckt.

»Ich habe eine kleine Erfrischung vorbereiten lassen, bitte bedienen Sie sich.«
Der italienische Opernreporter fuhr aus der Haut. »Wir haben hier nicht Stunden um Stunden zugebracht, damit wir mit ein paar Sekunden nach Hause kommen, Herr Bock, das sind wir in Italien nicht gewöhnt. Das ist eine Unverschämtheit, was Sie hier mit uns machen!«
»Sie müssen es schon mir überlassen, was ich zu sagen bereit bin.«
Bock wandte sich ab und ging ins Haus.
Julia hatte die Szene beobachtet.
»Hoffentlich senden sie es ein paarmal«, sagte sie, »dann wird Josef es bestimmt sehen können.«
»Davon gehe ich aus.«
Bock merkte, daß ein Kameramann sein Gerät nicht abgeschaltet hatte.
Er ging auf die Terrasse zurück, auf den deutschen Kameramann zu und schob die Linse zur Seite.
»Ich hatte gedacht, Sie seien fair.«
Der Deutsche schaltete die Kamera aus. Sofort war der italienische Reporter wieder neben ihm. »Herr Bock, ich höre gerade von meinem Team, daß wir technische Probleme hatten, können wir bitte die Stellungnahme noch mal wiederholen.«
Bock lächelte.
»Ein besserer Trick ist Ihnen nicht eingefallen?«
»Aber . . .«
»Meine Dame, meine Herren – ich glaube, es ist an der Zeit . . .«, er beendete seinen Satz nicht und ging wieder ins Haus.

»Seitdem sie Pecis Bruder entführt haben, geht es um ganz andere Dinge, das mußt du mir schon glauben.«
Pietro Caméri saß entspannt auf seinem Schreibtischstuhl. Er war genauso alt wie Clas Lutter, der mit Ilaria am späten Nachmittag eingetroffen war.
Caméri hatte sie begrüßt wie alte Bekannte und sofort begonnen, einen Monolog über die Roten Brigaden zu halten. Ilaria kannte den Wissenschaftler schon seit ihrer Kindheit. Seit-

dem man ihm eine kleine Stelle an der Universität von Florenz besorgt hatte, war er abgesichert. Die Studentenbude, in der er wohnte, machte deutlich, wie schlecht die Stelle dotiert war. Man hatte ihm übel mitgespielt. Weil er sich seit Jahren als Soziologe mit den Brigate rosse beschäftigte, war er dreimal verhaftet worden. Die Behörden wollten ihn benutzen, wollten Informationen von ihm haben, und als er die Kooperation verweigerte, wurden Verdächtigungen ausgesprochen. Er kam zwar immer wieder nach einigen Tagen frei, mußte aber ständig mit einer Verhaftung rechnen.
Sein schütteres Haar und seine fahle Gesichtsfarbe standen im Widerspruch zu seiner kräftigen Gestalt.
Ilaria hatte Clas Lutter geholfen, die Wohnung Lionellos aufzuräumen, um einem Wutausbruch ihres Freundes vorzubeugen, aber der würde sich auch so einstellen. Seit der Veröffentlichung des Bekennerbriefes waren zwölf Stunden vergangen, zwölf Stunden, die Clas Lutter den Polizeistaat erleben ließen.
Auf der Fahrt nach Florenz waren sie zweimal kontrolliert worden, Straßensperren an jeder Ausfahrt der Superstrada. Ilaria hatte darauf bestanden, daß Clas Lutter seinen Paß zurückforderte. In der Aufregung hatte er vergessen, den Einsatzleiter danach zu fragen. Erst nach einer mehrstündigen Reise durch italienische Bürokratie lag das grüne Dokument wieder in seinen Händen.
Pietro Caméri stützte sich auf die rechte Lehne und brachte den Stuhl zum Schaukeln.
»Das Witzige ist: Es kann genauso gut sein, daß der italienische Geheimdienst diesen Bekennerbrief veröffentlicht hat.«
»Wie bitte?« fragte Lutter erstaunt.
»So, wie ich es sage. Es paßt genau in die Landschaft. Die brauchen einen schnellen Erfolg, und sie bekommen einen Vorwand, das Land nach Terroristen durchzukämmen. Einen Brief zu tippen und ihn mit Rote Brigaden zu unterzeichnen, sollte einem Geheimdienst doch möglich sein.«
»Aber das ist doch Unsinn ...«, Ilaria sah Lutter an, schüttelte den Kopf, fast entschuldigend.
»Nein. Möglich, sage ich, möglich ist es.« Pietro Caméri voll-

führte eine Balancenummer mit seinem Stuhl. »Die Sicherheitskräfte brauchen Manöver, die kann man nicht immer nur im Sandkasten spielen lassen, jetzt ist eine gute Gelegenheit. Ein entführter Deutscher – und alles wird mobil gemacht. Danach kann man sehen, was man im Netz hat. Auch gut. Und wenn man nur zwei Brigadisten fängt, wird alles jubeln und sagen, nur mit der Faust reinschlagen, damit kräftig Blut spritzt...«

Clas Lutter konnte sich nicht vorstellen, daß Caméri recht hatte, auch wenn Ilaria ihn während der Fahrt als den besten Spezialisten in Sachen Terrorismus gepriesen hatte.

Ilaria fragte: »Was der ›Corriere‹ geschrieben hat, von wegen populistischer Flügel...«

Lutter nickte.

Caméri grinste: »Richtig. Aber wieso den falschen Mann? Eins haben die Roten Brigaden immer gefürchtet: sich lächerlich zu machen. Ihre Aktionen zielen jetzt auf den Magen des Staates, auf die soziale Ebene, nachdem sie jahrelang die These vertraten, das Herz des Staates zu treffen, also die Politiker und Polizisten, aber daß sie den falschen Mann entführen, das ist ihnen noch nie passiert.«

Clas Lutter wurde unruhig. Was Caméri ihm in diesem unwirtlichen Zimmer erzählte, begann ihn zu interessieren.

»Es ist immer auf Wirkung berechnet, wenn die Brigate rosse ihre Opfer auswählen. Jetzt sollen es Industrielle sein, Kapitalisten, aber warum einer, der in den USA tätig ist? Nein – wer immer diesen Bock auch entführt hat, die BR waren es bestimmt nicht.«

»So sicher?«

Caméri kämmte mit seiner rechten Hand die wenigen Haare auf seinem Kopf.

»Was sagst du zu dem Bekennerbrief?« Ilaria stand am Fenster und sah, wie auf der Straße ein Mann gejagt wurde.

»Schwierig«, Caméri zögerte, »klingt so ähnlich wie das erste Schreiben der Moro-Entführer. Der Wortlaut ist aber überraschend allgemein gehalten. ›Der Arbeiterklasse einen Dienst zu erweisen‹ – das ist reichlich ungenau. Ich halte es immerhin für möglich, daß dieser Bekennerbrief vom Geheimdienst lanciert wurde. Möglich, wie gesagt.«

Ein Taschendieb, der im Zickzack durch die Menge lief, die sich vor dem Palazzo Pitti bewegte. Ilaria beobachtete die Verfolgungsjagd.
Clas Lutter sah auf die Uhr.
»Wir hatten Lionello versprochen, daß wir um neun bei Gianni sind...«
»Wir kommen schon rechtzeitig«, erwiderte Ilaria, die ihren Blick nicht von dem Gejagten wenden konnte.
»Aber wenn wir wieder so oft kontrolliert werden...«, Lutter stand auf. »Pietro, warum kommst du nicht mit? Bei Gianni gibt es was Gutes zu essen, und schlafen kannst du in Poggiolo, wir haben noch ein Bett frei.«
Pietro setzte den Stuhl hart auf dem Steinfußboden auf.
»Ich sollte lieber nicht durch die Polizeisperren fahren, das könnte eine sehr lange Nacht werden.«

›Linsen auf großem Fuß‹ hatte Gianni für alle gekocht, das Lieblingsgericht der Italiener südlich von Rom, *Lenticchie con zampone*. Während der Studentenrevolte 1968 gab es in Siena zwei Anarchisten, und beide machten später eine Hostaria auf, bekochten tagsüber Touristen und abends Studenten und Freunde. Manchmal spielte jemand nach Mitternacht auf dem alten Klavier die Internationale. Allerdings im Walzertakt. Gianni sang dann mit rauher Stimme einen eigenen Text dazu.
Als Clas Lutter und Ilaria gegen halb elf eintrafen, war die Diskussion schon im Gang. Der obere Raum der Hostaria ›La Logge‹ war bis auf den letzten Holzstuhl gefüllt. Auf langen Tischen mit weißen Papierdecken standen die schlanken Weinkaraffen und Suppenteller, die bereits leergegessen waren.
Lionello führte Regie, versuchte, Stadträte der kommunistischen Partei, empörte Anhänger des ›Partido radicale‹ und die Anhänger der Gruppe ›Manifesto‹ unter einen Hut zu bekommen. Er stand in der Mitte und mußte sich ständig um sich selbst drehen.
Sie alle fühlten sich von der militärischen Strategie der Polizei bedroht; zumindest darüber herrschte Einigkeit. »Zwei Studenten aus meinem Seminar sind verhaftet worden«, sagte

Lionello, »wir hatten den ganzen Tag zu tun, sie wieder frei zu bekommen. Ich hab vier Stunden in der Questura zugebracht.«
Clas Lutter flüsterte Ilaria zu, daß Lionello dann wohl noch gar nicht wisse, was in Poggiolo am Morgen geschehen sei.
»Man muß sich aber zunächst einmal klar von den Terroristen distanzieren, schließlich haben sie die Polizeikontrollen ausgelöst«, warf einer der drei kommunistischen Stadträte ein, die in einer Koalition mit zwei anderen Parteien seit Jahren den Bürgermeister in Siena stellten.
Einige der Anwesenden begannen zu zischen.
Lionello bat, ihn ausreden zu lassen.
»Wir sind bereit, im Stadtrat eine Erklärung zu unterstützen, in der diese Art des Polizeieinsatzes mißbilligt wird, aber wenn in dieser Erklärung nicht auch eine Distanzierung von den Roten Brigaden steht, dann werden wir sie nicht unterzeichnen.«
Gianni kam die Treppe hoch und brachte den Nachtisch. Ein riesiges Tablett mit Mandeltorte und Vin santo.
Ohne sich um den Stand der Debatte zu kümmern, rief er: »Ihr müßt was essen, Genossen, sonst haltet ihr nicht durch bis Mitternacht. Dann singen wir gemeinsam die Internationale und gehen ins Bett.«
Von einem Augenblick auf den anderen war die Diskussion gestoppt, und jeder kümmerte sich um die wohlschmeckende Torta di màndorla.
Ilaria teilte den Anwesenden mit, was Pietro Caméri von dem Bekennerbrief der Roten Brigaden hielt. »Er sagte, es kann genauso gut möglich sein, daß der Geheimdienst dieses Schreiben gefälscht hat, um einen Vorwand für die Polizeiaktionen zu liefern. – Schließlich müssen die Sicherheitskräfte von Zeit zu Zeit einen Beweis für ihre Schlagkraft liefern.«
Ein Tumult entstand.
Aus der bloßen Spekulation wurde Gewißheit.
»Wenn wir davon ausgehen, daß die Aktionen, die wir heute von seiten der Polizei erlebt haben, durch einen gefälschten Bekennerbrief ausgelöst worden sind, dann weiß ich nicht, warum wir uns von den Brigate rosse distanzieren sollen. Nennen wir doch die Sache beim Namen: Die Öffentlichkeit

soll getäuscht werden, ihr Interesse auf die Entführer abgelenkt werden, damit die Polizei ihre Computer mit unseren Namen und ihre Gefängnisse mit unseren Genossen füllen kann.«

Marco von der Gruppe ›Il Manifesto‹, ein schlaksiger Blonder, der seit Jahren bei Lionello seine Doktorarbeit über die Wiener Schule der Ökonomie schrieb, empörte sich lauthals. Er bekam Beifall.

Clas Lutter flüsterte Ilaria zu, daß Pietro nur von der Möglichkeit eines solchen Ablenkungsmanövers gesprochen habe. Ilaria stimmte ihm zu, aber sie meldete sich nicht mehr zu Wort. Die Diskussion wurde schließlich ohne Ergebnis beendet. Die Erklärung, die man verabschieden wollte, war zerredet. Nur eins blieb ihnen gemeinsam. Sie sangen die Internationale. Wie immer.

Gianni hatte zwei neue Strophen hinzugedichtet. Sie handelten vom vergangenen Tag.

10

Angelo Micheli war sauer, als er den weißen Zettel an der Windschutzscheibe sah. Er hatte kurz nach acht gefrühstückt, drei Espressi und ein Hörnchen, und verließ um halb neun das Vier-Sterne-Hotel am Stadtrand von Siena, um seinen Chef aufzusuchen. Er wußte, was der weiße Zettel bedeutete. Ein Strafmandat, weil er falsch geparkt hatte. Aber als er nah genug am Auto war, um den Zettel zu greifen, stellte er fest, daß das Papier hinter der Scheibe lag.

Der Wagen war verschlossen.

Kein Kratzer.

Er ließ die Zentralverriegelung aufspringen und nahm den weißen Briefumschlag in die Hand. Riß die obere Kante auf und las etwas, was ihn in den nächsten Tagen sehr beschäftigen sollte.

Er fuhr die Strecke zur Villa Riciano in Rekordzeit, zwölf Minuten, dann stand er vor der Sperre, zeigte seinen Passierschein, den der Capitano persönlich ausgestellt hatte, und raste den Feldweg hoch.

Hinter ihm wirbelte der Staub auf.

Er sprang aus dem Auto, klingelte.
Franz Bock öffnete die Tür.
»Micheli, kommen Sie rein. Aber leise, meine Frau schläft noch.«
Angelo Micheli wußte, daß er die Villa im Triumph verlassen würde. Es war gelungen. Der Brief war sein Beweis.
Franz Bock führte ihn in den großen Wohnraum.
Ohne ein Wort zu sagen, überreichte Micheli ihm den Briefumschlag.

Wir haben Ihren Bruder in unserer Gewalt!
Schalten Sie keine Polizei ein!
Wir fordern 5 Millionen Deutsche Mark!
Wenn Sie bereit sind zu zahlen, geben Sie eine Anzeige in der Zeitung ›La Stampa‹ auf:
UND WIEDER HAT DAS EINHORN GESIEGT
Übergabe des Geldes wird dann bekanntgegeben!
Ein Lebenszeichen Ihres Bruders liegt bei!

Auf einem Ausriß aus dem ›Corriere della Sera‹, gleich neben dem Artikel über die Entführung, stand mit wackeliger Handschrift: »Mir geht es ganz gut. Zahlt, was verlangt wird. Euer Josef M. Bock.«
Micheli strahlte.
»Wo haben Sie das her?« fragte Franz Bock, er drehte das Blatt, auf dem mit Blockbuchstaben die Mitteilung stand, ein paarmal um.
»Heute morgen. Im Auto«, antwortete Micheli. Der kleine Koffer, den er immer noch in der Hand hielt, zitterte ein wenig vor Erregung.
»Im Auto? Werden Sie deutlicher, Micheli!«
»Wie ich sage. Ich komme aus dem Hotel und denke noch, es ist mal wieder eine freundliche Mitteilung unserer Polizei, und was sehe ich, im Auto, keine Ahnung, wie die das geschafft haben, meinen Wagen zu öffnen und den Brief reinzulegen, ich muß mal die Werkstatt ...«
»Woher wissen die Entführer ...«, Bock hielt das Stück Papier in der Hand, als sei es schmutzig, mit spitzen Fingern faßte er es an, legte aber den Brief nicht weg.
»Was weiß ich? Sie werden sich informiert haben, wer ich

bin.« Micheli stellte den kleinen Koffer ab und öffnete den oberen Knopf seines englischen Leinenanzugs.
»Ist das die Schrift Ihres Bruders?« Micheli nahm Bock den Zeitungsausschnitt aus der Hand.
»Schwer zu sagen. Es könnte durchaus sein. Seine Schrift ist eigentlich energischer. Er wird in schlechter Verfassung sein«, antwortete Bock.
Sie standen kurz vor neun im größten Raum der Villa, umgeben von Sicherheitskräften, und sollten die Polizei nicht einschalten.
Micheli wies darauf hin, daß es nicht einfach sein würde, die fünf Millionen Mark nach Italien zu transferieren. Soviel Devisen könnte man kaum beschaffen.
»In anderen Fällen wollten die Entführer Lire. Das wäre für uns einfacher gewesen. Außerdem verstoßen wir gegen Devisengesetze.«
Bock war sich nicht sicher, ob das Schreiben überhaupt echt war.
»Da kann doch jeder einen Brief schreiben und den in Ihrem Auto deponieren.«
Micheli hatte sich den Verlauf des Gespräches ganz anders vorgestellt. Jetzt mußte er seinen Beweis verteidigen, und er hatte gedacht, gelobt zu werden.
»Was soll das heißen: Und wieder hat das Einhorn gesiegt?« Franz Bock schüttelte den Kopf.
»Einhorn heißt die Contrada, die vor ein paar Tagen das erste Proberennen des diesjährigen Palio gewonnen hat.«
Franz Bock drehte sich um und sah auf die Terrasse: »Ich werde auf keinen Fall auf diese paar Zeilen hin fünf Millionen Mark verschenken. Wir brauchen einen Beweis, daß die Entführer wirklich meinen Bruder haben und daß er lebt.«
Micheli erinnerte Bock daran, daß er Watermann in München mit der Geldbeschaffung betrauen könnte.
»Aber nicht, solange ich keinen Beweis in Händen habe...«, Bock wurde lauter. »Gestern waren es die Roten Brigaden, heute sind es gewöhnliche Verbrecher, morgen und übermorgen kommen dann weitere, die denken, daß wir mit den Millionen nur so um uns werfen. Micheli, Sie glauben doch nicht, daß wir uns überfahren lassen.«

Angelo Micheli hatte seinen Chef noch nie so erlebt, er hatte seine Fassung verloren, zeigte Gefühle, war angeschlagen, verdeckte seine Unruhe durch Heftigkeit.
»Wir werden einen Beweis fordern«, sagte Micheli leise.
»Und wie? Wie soll das geschehen?« Bock steckte beide Hände in die Taschen seiner hellen Hose.
»Wir werden der Anzeige einen Satz hinzufügen. Etwa so: ›Erbitten Foto des Siegerpferdes‹. Das werden die verstehen. Und wenn sie tatsächlich Ihren Bruder haben, können sie ein Foto von ihm machen. Dann wissen wir mehr.«
Bock zögerte.
»Und die Polizei?«
»Die werden es vermasseln, wenn Sie mir erlauben, das zu sagen. Wenn die Polizei Wind davon bekommt, daß wir mit den Entführern verhandeln, dann werden wir Ihren Bruder in ein paar Wochen als Leiche zurückbekommen, wenn überhaupt.«
Eine Viertelstunde später gab Franz Bock seine Einwilligung. Micheli sollte die Anzeige aufgeben, gegenüber der Polizei vereinbarten sie Stillschweigen.
Angelo Micheli verließ die Wohnung mit dem Gefühl, einen ersten Erfolg errungen zu haben.

Der Staatsanwalt war nicht aus der Ruhe zu bringen. Er saß im lichtdurchfluteten Büro, die hellen Aktenschränke mit den grauen Justizakten, die frischen Blumen auf dem Schreibtisch, die modernen Besucherstühle, das machte alles eher den Eindruck einer Verbraucherberatung denn den einer Strafverfolgungsbehörde.
Clas Lutter hatte ohne große Schwierigkeiten einen Gesprächstermin mit dem Staatsanwalt bekommen, er sagte nur, daß er Mitarbeiter im Bock-Konzern sei. Er brauchte nicht einmal zu warten.
Ilaria hatte mitfahren wollen. »Wir haben gemeinsam angefangen, also bringen wir es auch gemeinsam zu Ende.« Clas Lutter wußte nicht genau, worauf sich dieser Satz bezog.
Ilaria hatte in Deutschland studiert, Textil-Design, hatte ein paar Jahre als Modezeichnerin gearbeitet, bis ihr die Arbeit keinen Spaß mehr machte. Die Vorschriften darüber, was ge-

rade Mode werden sollte, waren ihr zu eng geworden. Dann hatte sie mal hier, mal da gejobbt. Der große Weinberg ihrer Eltern, das Gut südlich von Siena, gab ihr finanziellen Rückhalt. Etwas wollte sie auf keinen Fall werden: Journalistin. Sie hatte irgendwann aufgehört, regelmäßig die Zeitung zu lesen oder Telegiornale zu sehen. Die Nachrichten hätten kaum etwas mit ihr zu tun, sagte sie. Und außerdem seien sie immer schlechter geworden.

Clas Lutter sah sie an, spürte, wie sie aufgeregt wurde. Er hatte dem Staatsanwalt alle die Fragen gestellt, die er seit dem Gespräch mit Pietro Caméri und der nächtlichen Diskussion bei Gianni gesammelt hatte.

Wie kann die Polizei auf einen vagen Bekennerbrief hin einen solchen landesweiten Einsatz durchführen?

Das falle nicht in sein Ressort, antwortete der Staatsanwalt.

Gibt es sichere Hinweise, daß die Brigate rosse den Unternehmer Bock entführt hat?

Nein, die gebe es nicht, aber man gehe davon aus.

Warum sind am Tatort nicht deutlichere Spuren der Roten Brigaden entdeckt worden, wie in anderen Entführungsfällen auch?

Darüber habe man auch schon gerätselt, aber noch gebe es keine konkrete Antwort.

Ob er ausschließe, daß es auch Sarden gewesen sein könnten, die Bock entführt haben?

Nein, das werde bei den Nachforschungen berücksichtigt.

»Aber es werden Wohnungen verwüstet, Studenten verhaftet«, Ilaria schaltete sich ein, »Straßensperren aufgebaut, Leute verdächtigt, durchsucht, festgehalten – alles nur, weil man glaubt, daß die Roten Brigaden möglicherweise hinter der Entführung stecken. Will uns die Polizei ihre Macht demonstrieren?«

Ilaria war zornig, ließ ihrer Wut freien Lauf. Einen Augenblick war Clas Lutter irritiert, immerhin wollte er etwas vom Staatsanwalt erfahren. Ilaria war auf dem besten Weg, seinen Informanten zu verärgern. Aber ihm gefiel, wie sie den Streit entzündete.

Der Staatsanwalt zeigte keine Reaktion.

Clas Lutter bemerkte ein Lächeln auf seinem Gesicht.
»Das sind Polizeistaat-Methoden, und Sie sitzen hier in aller Ruhe und sagen: ›Das ist nicht mein Ressort‹. Wenn Sie erklärt hätten, wir haben keinen Beweis dafür, daß die Brigate rosse für die Entführung verantwortlich sind, dann wäre doch niemand verhaftet worden. Geht das nicht in Ihren Juristenschädel?«
Clas Lutter versuchte, Ilaria zu besänftigen, legte seine Hand auf ihren linken Arm.
Der Staatsanwalt rückte auf seinem Stuhl.
»Wissen Sie, wie viele Leute davon betroffen sind, daß Sie hier hocken und die Hände in den Schoß legen? Wissen Sie, was das für diese Leute bedeutet? Das ist nicht nur der Ärger, den es macht, ein paar Stunden bei den Carabinieri festgehalten zu werden, das geht weiter. Manch einer, der in die Fahndung gerät, kann auswandern, weil er in Italien keinen Job mehr bekommt.«
»Bitte, Signora ...«, der Staatsanwalt beugte sich vor, stützte beide Hände auf den Schreibtisch. Zwei Aktenhefter fielen zu Boden.
Clas Lutter wollte nicht eingreifen, weil er sah, welchen Eindruck Ilarias Wut machte.
»Sehen Sie, was sollen wir denn tun? Schon bei der ersten Veröffentlichung im ›Corriere‹ hat der Capitano gesagt, daß er die Echtheit des Bekennerbriefes nicht bestätigen könne. Aber was machen die Sicherheitskräfte? Sie schalten auf den ›Plan Zero‹, höchste Alarmstufe, Gefahr im Verzug. Glauben Sie denn im Ernst, wir wären in der Lage, die Polizeiaktionen zu stoppen?«
Das war kein Interview mehr, wie Clas Lutter es schon so oft in seinem Leben geführt hatte. Frage – Antwort – nächste Frage. Jeder hat eine Meinung, es gilt, Stellungnahmen einzuholen, die dann später im Artikel präsentiert werden, Meinung gegen Meinung. Frage – Antwort – nächste Frage.
Ilaria wollte sich nicht beruhigen: »Von hier ging alles aus, oder wollen Sie das jetzt leugnen? Das haben die Verantwortlichen immer gesagt, daß gerade sie nicht verantwortlich sind. Immer die anderen. Immer wegtauchen, wenn es heißt, wer hat das veranlaßt. Niemand kann etwas dafür – aber es wird

zugeschlagen. Sie versuchen, hier ein Spiel zu spielen, und ich kenne die Regeln.«

»Ich will nicht...«, der Staatsanwalt sah Lutter an, als bedürfte er seiner Unterstützung.

Lutter genoß die Situation. Er schwieg.

»Signora, ich will Ihnen eins sagen, und das habe ich auch den Sicherheitskräften gesagt. Bisher haben die Roten Brigaden immer ein Foto geschickt, der Entführte vor der Fahne, darunter die bekannten Sprüche – damit man wußte, die haben den Mann tatsächlich entführt. Diesmal gibt es kein Foto. Gut, es kann alles ganz anders sein. Ich habe zusammen mit dem Capitano eine Aktennotiz angefertigt, daß wir Zweifel an der Brigate-Theorie haben... Reicht das nicht?«

Es klang wie eine Bitte um Absolution.

Clas Lutter hakte nach: »Das heißt, Sie hatten nicht nur Zweifel daran, daß es die Brigadisten waren, sondern wollten sich auch absichern?«

Der Staatsanwalt lehnte sich zurück: »Sie können das nennen, wie Sie wollen. Wir haben den Polizei-Einsatz nicht in die Wege geleitet.«

»Aber Sie haben ihn auch nicht verhindert«, sagte Ilaria.

»Wenn ich eine Zeile von dem lese, was wir hier besprochen haben, Herr Lutter, dann werden Sie Italien nicht mehr betreten.«

Als sie das Büro des Staatsanwaltes verlassen hatten, wußte Clas Lutter einiges mehr, aber ihm fiel ein, daß er seinen eigentlichen Verdacht nicht mal mit einem Satz erwähnt hatte.

Ilaria lachte: »Der wird vor Wut in den Tisch beißen, daß ich ihn so gereizt habe. Die italienische Frau wird immer unterschätzt.«

Sie gab Lutter einen Kuß.

11

Wie lange hatte er nichts mehr gesehen, er mußte die Augen sofort wieder schließen, das Licht drang durch die Lider, es war so hell, so grell und stechend, behutsam öffnete er ein Lid, aber der Schmerz des eindringenden Lichtes

war unerträglich, seitdem sie ihm die Kapuze vom Kopf genommen hatten, spürte er den leichten Wind, wie viele Tage waren vergangen, wie viele Stunden, er hatte das Zählen aufgegeben, sich nur seinen Gedanken überlassen, versuchte, sich zu erinnern an den Moment, als sie ihn gefangennahmen, wie er aus dem Wasser stieg, erfrischt vom Schwimmen, wie sie ihn geknebelt hatten, geschlagen, wie er, unfähig, sich zu wehren, ins Auto geschafft wurde, betäubt von seiner Ohnmacht, sie hatten ihm die Ohren nicht mehr verschlossen, hatten ihn reden und hören lassen, er konnte die drei Stimmen genau unterscheiden, obwohl sie so gleich klangen, er hatte sich Bilder von den drei Männern gemacht, weil er sich nicht mehr daran erinnern konnte, wie diejenigen aussahen, die ihn am Swimmingpool zusammengeschlagen hatten, jetzt würde er sie sehen, wenn nur das Licht nicht so grell wäre.
Josef M. Bock riß die Augen auf.
Er sah die Zelte, genau gegenüber.
Die Augen tränten.
Drei Männer, Kapuzen auf dem Kopf.
Schlitze für die Augen.
Sie sahen ganz anders aus, als er sie sich vorgestellt hatte, kleiner, gedrungener, da war kein Schläger dabei, kein Muskelprotz, kein kahler Glotzäugiger.
Sein Zelt war gerade groß genug, um darin zu liegen. Schon im Sitzen war er an die Plane gestoßen. Um ihn herum sah er die Abfälle. Tüten, Flaschen, Müll. Zwar hatte er immer wieder Gegenstände ertastet, aber seine auf dem Rücken zusammengebundenen Hände konnten kaum etwas greifen, die gefesselten Füße.
Manchmal hatten sie sich unterhalten. Kurz, wenige Sätze. Für Stunden. Manchmal hatte er gefragt, ob es schon eine Nachricht seines Bruders gab. Aber diese Frage wurde nie beantwortet. Manchmal hatte er einfach angefangen, etwas zu erzählen, von den USA, von der täglichen Arbeit, von den Segelbooten, die er liebte, von den Reisen. Er hatte gespürt, daß sie zuhörten, auch wenn sie nichts sagten. Wenn sie sich untereinander absprechen wollten, dann konnte er das daran feststellen, daß alle drei weggingen.
Die Geräusche des knackenden Unterholzes.

Verschwanden für lange Zeit.
Einer mußte Essen besorgen.
Der mit der Stimme, die so klang, als würden Steine aneinandergerieben.
Bock hatte ihn den Stein genannt.
Wenn er jetzt reden würde, wüßte er sofort, wer der Stein war.
Aber sie sprachen nicht.
Sie standen nebeneinander.
Er konnte ihre dunklen Augen sehen. Unscharf. Verschwommen. Kaum zwischen den Sehschlitzen der schwarzen Wollmasken auszumachen.
Einer kam auf ihn zu, einen Pinsel in der Hand.
Er machte sich an seinem Gesicht zu schaffen.
Bock roch Puder.
Es war ein Puderquast.
»Was machst du da?« fragte er ruhig.
Er bekam keine Antwort.
Wie oft hatte er Fragen gestellt, die unbeantwortet blieben. So als seien die drei Männer gar nicht anwesend. Aber er hatte gelernt, auf die kleinsten Geräusche zu achten. Eine Bewegung auf dem Stuhl, ein Verschränken der Arme über der Brust, ein Drehen des Kopfes.
Alle drei rauchten. Auch diese Geräusche kannte er.
Der Puder roch fremd.
Ein strenger Geruch.
Sie saßen mitten im Wald, ein Mann legte ihm Puder auf. Widerwillig versuchte er, seinen Kopf zu drehen. Sofort war ein zweiter Mann bei ihm und hielt seinen Kopf von hinten fest.
»Was soll das, verdammt?« Bock hatte seit Tagen keine Schmerzen mehr ertragen müssen. Seitdem die helle Stimme befohlen hatte, ihn nicht zu hart anzufassen.
»Einen Moment«, sagte der Maskierte. Und er fügte sogar ein ›bitte‹ hinzu.
Der Stein hielt seinen Kopf.
War nur noch die Frage, wer der Lispeler und wer der Hund war.
Bock tippte darauf, daß der Lispeler ihn mit Puder bedeckte.
»Seid ihr endlich fertig?«

Er hatte sich getäuscht, der Lispeler stand noch abseits. Also war es der Hund, der ihn schminkte.
»Ja.«
Der Hund trat zur Seite.
Bock entdeckte die Polaroid-Kamera.
Es blitzte.
Obwohl es heller Tag war.
Einmal.
Zweimal.
Dann drehte der Stein seinen Kopf zur Seite. Sprang von ihm weg.
Blitz.
Das schabende Geräusch, wenn ein Foto den Apparat verläßt.
Bock wußte, daß dies nicht das Abschiedsfoto werden würde.

Wie immer hatte Franz Bock sich die Zeitungen auf die Terrasse bringen lassen, diesmal bestand er darauf, daß auch ›La Stampa‹ dabei sein sollte.
Er war aufgeregt.
›La Stampa‹ war eine Zeitung, wie es sie in seinem Konzern nicht gab. Er rechnete sie den Sozialdemokraten zu, aber sie veröffentlichte auch Artikel von radikalen Intellektuellen, denen er in seinem Haus Schreibverbot geben würde. Er begann zu blättern.
Wenn Micheli recht hatte, dann würden sie bald mehr wissen, aber er glaubte nicht daran.
Er fand die Seite mit den kleingedruckten Anzeigen. Häuser, Reisen, drei lange Spalten Autos, Verlustanzeigen, Verkäufe, er fuhr die Spalten lang, las immer nervöser jeden Text. Einmal rutschte die Brille von der Nase.
Dann hatte er den Text gefunden:
Ed ancora ha vinto Leocorno.
Vogliamo una foto del cavallo vincente.
Es sah so aus, als wollte ein Palio-Fan ein Bild von seinem Lieblingspferd haben. Micheli hatte auch nicht vergessen, einen Absender anzugeben. Sonst wäre die Kleinanzeige aufgefallen. Franz Bock ging davon aus, daß der Absender fingiert war.
»Seit wann liest du die ›Stampa‹, Franz?«

Julia war auf die Terrasse gekommen, in einem langen, blauen Kleid.
Bock ließ die Zeitung auf die Knie gleiten.
Sie hatte wieder schlecht geschlafen.
Mitten im Sommer war sie so blaß, als habe sie sich hell geschminkt.
Bock erhob sich aus dem weißlackierten Gartenstuhl.
»Kommst du bitte.«
»Ich wollte mich gerade etwas in die Sonne setzen.«
»Nur einen Moment, bitte.«
Er nahm sie vorsichtig am Arm.
Als sie beide im großen Wohnzimmer standen, schloß Franz Bock die Terrassentür.
»Setz dich bitte.«
Julia ließ sich auf dem Sofa nieder. Langsam.
»Ich weiß«, begann Franz Bock, der sich neben sie setzte, »das wird dich sehr belasten. Aber ich denke, ich sollte es dir mitteilen. Micheli hat einen Brief erhalten, in dem für die Freilassung von Josef fünf Millionen gefordert werden. Wir wissen nicht, ob der Brief von den tatsächlichen Entführern kommt, aber ...«
Er sah, wie Julia zusammenzuckte.
»Endlich eine Nachricht«, sagte sie leise.
»Vielleicht«, erwiderte Franz Bock.
»Bitte, laß es mich erklären. Ich habe lange mit Micheli darüber verhandelt.« Er sprach den letzten Satz aus, als sei ihm ein einschneidender Kompromiß abgetrotzt worden. »Vorläufig werden wir der Polizei nichts mitteilen. Es ist eine Chance. Mehr nicht. Wenn alles nur ein Gaunertrick ist, und je mehr ich darüber nachdenke, desto mehr bin ich davon überzeugt, dann brauchen die das auch nicht zu erfahren. Aber«, er holte Luft, griff Julias Hand, drückte sie auf sein Knie, »wenn es die wirklichen Entführer waren, die diese Forderung gestellt haben, dann müssen wir schweigen.«
»Wo ist der Brief?« sagte Julia etwas lauter.
»Bitte, Julia, sei leise. Ich weiß nicht, was die da draußen mitkriegen, aber wenn sie erfahren, daß hier Dinge an ihnen vorbeilaufen, dann, und da gebe ich Micheli recht, dann werden wir Josef nicht mehr lebendig wiedersehen.«

Julia nickte. »Wo ist der Brief? Kann ich ihn sehen?«
»Nein. Den hat Micheli. Und bitte, verlange ihn nicht von ihm. Ich habe ihm gesagt, daß ich nicht mal dir etwas von unserer Absprache erzählen wollte. Aber ich denke, wir sollten einander vertrauen. Josefs Leben kann davon abhängen, daß wir schweigen.«
»Und was ist mit den Terroristen?« Julia hatte ihre Stimme wieder gesenkt.
»Keine Ahnung, Julia. Vielleicht wollen sie sich mit der Entführung brüsten.«

Seit einer halben Stunde rumpelte der Renault über Waldwege. Der Regen hatte tiefe Rinnen ausgewaschen, so daß Ilaria sehr langsam fahren mußte. Als Clas Lutter gefragt hatte, wohin es gehen sollte, hatte sie nur gelächelt. Das sei eine Überraschung.
Die Sonne brannte, und der aufgewirbelte Staub machte die Fahrt nicht gerade zu einem angenehmen Ferienerlebnis. Einmal blieb der Wagen sogar stecken, und Lutter mußte alle Kraft aufbieten, damit Ilaria rückwärts aus der Mulde herauskam.
Das Gespräch mit dem Staatsanwalt beschäftigte ihn, während sie immer tiefer in den Wald eindrangen. Die Angst, eine Fehlentscheidung zu treffen, hatte Capitano und Staatsanwalt bewogen, sich mit einer Aktennotiz abzusichern.
Das Unterholz wurde dichter, hohe Sträucher, die zwischen den Bäumen wuchsen. Ilaria konzentrierte sich auf die Fahrmanöver.
Wenn der Staatsanwalt nicht diese Drohung ausgesprochen hätte, dann hätte er das Interview schon fast wieder vergessen. So war es meistens, kaum war ein Termin vorüber, vergaß er seine Eindrücke. Sie blieben nur so lange in seiner Erinnerung, bis er sie in einem Artikel verwertet hatte. Reize an der Oberfläche, mehr nicht.
Ilaria hielt den Wagen an, schräg geparkt, vor einem leichten Abhang.
»Aussteigen, Endstation«, sagte sie.
Sie packte ihre kleine Handtasche, zog das Autoradio aus der Halterung und schloß den Wagen ab.

Clas Lutter wartete, welche Richtung sie einschlagen würde.
Er sah keinen Weg.
»Da lang«, zeigte Ilaria.
Sie ging voran. Irgendwo rauschte ein Wasser.
Je tiefer sie kamen, desto lichter wurde der Wald.
Der Baumbestand veränderte sich, Nadelhölzer traten an die Stelle von Eiben und Eichen.
Das Unterholz knackte.
Ilaria strahlte, wenn sie sich umdrehte und nach Clas Lutter sah.
Er war nicht auf einen längeren Fußmarsch eingerichtet, und die Sandalen hatten schon einige Kratzer abbekommen, von den Füßen ganz zu schweigen.
Eingekerbt in das Tal lag der Brenna, ein heller Bach.
»Wir baden«, sagte Ilaria.
Clas Lutter rechnete zusammen, dreiviertel Stunde Fahrt, zwanzig Minuten Fußweg, das hätte man einfacher haben können.
»Ich habe keine Badehose mit«, antwortete er.
»Brauchen wir die hier?«
Ilaria begann sich auszuziehen.
Mit wenigen Hüpfern war sie am Wasser, kühlte sich ab und ließ sich hineingleiten. Der Brenna war ein sprudelnder, reißender Wasserlauf, der tiefe Becken ausgehoben hatte, große, helle Steine lagen zu beiden Seiten und mitten in der Strömung.
»Clas, willst du nicht baden?«
Lutter stand am Ufer, die Unterhose hatte er noch nicht abgelegt. Ilaria war so schnell im Wasser gewesen, daß er einen Moment lang verdutzt dastand.
»Welcher Tag ist heute?« Das war ein Satz aus seinem Grammatik-Buch; für Ilaria klang es, als habe er einen besonderen Badetag.
»Was?«
»Welcher Tag?«
»Dienstag«, rief sie zurück, Ilaria zog sich an einem Stein hoch. Ihr gebräunter Körper hob sich vom Felsen ab. Sie hat eine schöne Figur, auf dem weißen Stein konnte sie als Flußgöttin posieren.

»Verdammt, heute ist Palio, die zweite Probe.«
Ilaria lachte, schrill.
Clas Lutter dachte an das Rennen, er würde es verpassen. Aber dann ließ ihn Ilarias Anblick für die nächsten Stunden Schnecke, Gans, Turm und Adler vergessen.

12

Von der Piazza della Libertà waren sie auf die Stadtmauer gestiegen.
Am Beginn der Neuzeit hatte Lucca sich mit diesem über vier Kilometer langen Bauwerk umgeben. Hundert Jahre war daran gebaut worden, sechs Millionen Ziegelsteine, und die Stadt hatte keine fremden Heere mehr zu fürchten. Eine Bastion der Sicherheit, die nicht nur militärischen Zwecken diente, sondern auch ökonomischen. Die Bankiers setzten ihr Kapital ein, die Bauunternehmer machten gute Geschäfte.
Franz Bock und Julia wollten einen Spaziergang auf der Mauer machen. Sie hatten es in der Villa nicht mehr ausgehalten, wollten raus aus der lähmenden Atmosphäre und Ruhe haben vor den ständigen Fragen der Polizei.
Die Mannschaft des Bundeskriminalamts bestand darauf, ihren Ausflug »unauffällig« zu überwachen. Schließlich könne man nie wissen, hatte Pfister gesagt, der im heißen toskanischen Sommer jeden Tag ein Pfund verlor.
Sie hatten in der ›Bocca di Sant'Antonio‹ zu Mittag gegessen. Schweigend. Unsicher. Nur gelegentlich hatte Franz Bock eine Bemerkung über die Küche gemacht.
Die Männer vom BKA saßen drei Tische weiter und zählten ihnen die Bissen in den Mund.
An ein Gespräch war gar nicht zu denken.
Bock hatte Pfister zu sich gebeten und ihm erklärt, daß sie nun einen Spaziergang machen wollten. »Bitte halten Sie Abstand.« Pfister hatte erneut die Diskretion seiner Truppe garantiert.
Als sie auf der Mauer standen und auf Lucca hinabsahen, atmete Julia auf. »Wie lange habe ich auf diesen Anblick warten müssen! Deswegen war ich nach Italien gekommen, um Lucca wiederzusehen.«

Bock drehte sich um und sah, wie die drei Kriminalbeamten in drei verschiedene Richtungen blickten, als gelte es, einen kurz bevorstehenden Angriff abzuwehren.
»Ich habe bei Gregor von Rezzori eine schöne Passage gelesen«, sagte Julia und zog ein Blatt aus ihrer Umhängetasche. Mit gestochen scharfer Handschrift hatte sie das Zitat kopiert: »Nicht der Charakter der Toskaner hat den Hügeln, Tälern, Ebenen und Küstenstrichen der Toskana ihren verbindenden Charakter gegeben, sondern diese haben ihre Bewohner geformt und sind wieder von ihnen geformt worden – ein fortwährender, in der Wirkung sich steigernder Prozeß gegenseitiger Bestimmung.«
»Na ja, wenn ich diese Mauer sehe, dann möchte ich doch eher behaupten, daß Rezzori unrecht hat, das ist das Werk von ein paar klugen Köpfen, oder irre ich mich?«
Julia fügte hinzu: »Und ein paar tausend Arbeitern.«
Bock beobachtete, wie ihre Bewacher näher kamen, von Abstand halten war keine Rede.
»Es geht noch weiter. ›Die toskanischen Aristokraten sind in der Mehrzahl Bankiers gewesen, die Grundbesitzer wurden. Das Handgemachte der Toskana verrät einen ausgeprägten Sinn für die Ökonomie der dekorativen Mittel, die ans Knauserige grenzt, und eine künstlerische Strenge, wie sie eher in den Steinklüften enger Gassen als im freien Land herangebildet wird.‹ Wenn du dir Lucca ansiehst, dann glaubst du an jedem Bauwerk zu sehen, wie das Geld es geformt hat. Nach Rezzori gilt das auch für die Landschaft.«
»Ein schönes Feuilleton. Aber laß uns weitergehen.« Er zog Julia am Arm, sie hatte kaum Zeit, ihren Zettel in der Tasche zu verstauen.
»Wir müssen etwas unternehmen, Franz, sonst halten wir das Warten nicht aus. Meinst du, Micheli hat Erfolg mit dieser Anzeige?«
»Ich kann es nur hoffen«, sagte Bock.
Kaum waren sie vier Stunden aus dem »Käfig der Sicherheit«, wie er die Villa genannt hatte, entronnen, holte die Anspannung sie ein.
Pfister kam in schnellem Schritt auf die beiden zu.
»Herr Bock, entschuldigen Sie, aber wir müssen darauf auf-

merksam machen, daß eine Sicherung dieses Geländes und damit ein effektiver Schutz Ihrer Person nicht möglich ist. Die Lage dieser Mauer ist einfach zu exponiert, von allen Seiten ...«
Franz Bock unterbrach ihn: »Wir gehen weiter. Wenn Sie meinen, uns folgen zu müssen, bitte sehr.«
Er wandte sich an Julia: »Komm. Was hat Rezzori in diesem Aufsatz denn sonst noch geschrieben?«

Am nächsten Morgen gab es Neuigkeiten im ›Corriere della Sera‹, und sie bestimmten den ganzen Tag in der Villa Riciano.

ENTFÜHRER MELDEN SICH
Das zweite Schreiben der Brigate rosse im Fall Bock
Das Rätselraten um den entführten Medienunternehmer Josef M. Bock ist beendet. Mit einem ausführlichen Brief haben sich am gestrigen Nachmittag die Entführer gemeldet. Der Text wurde drei verschiedenen Zeitungen zugesandt. Nach eingehender Beratung haben sich die Redaktionen entschlossen, ihn nicht im Wortlaut abzudrucken, sondern nur daraus zu zitieren. Wir kommen damit einer Forderung des Innenministers nach, der verhindern möchte, daß die Presse und die anderen Medien zum Sprachrohr für die Propaganda der Roten Brigaden wird. Auch der Kommunikationsforscher Marshall McLuhan kommt zu dem Schluß, man könne die Terroristen nur wirksam bekämpfen, wenn man ihnen ›den Strom abschalte‹, also die Möglichkeit zur Propaganda unterbinde. Inhalt dieses zweiten Briefes ist im wesentlichen die Frage, warum die Roten Brigaden sich den Unternehmer Bock ausgewählt haben. Gegenwärtig verhören sie ihn in ihrem »Volksgefängnis«. Die Rolle, die die Medien heutzutage spielen, so die BR, sei menschenverachtend und volksverdummend. Ein Mann wie Josef M. Bock habe es zu verantworten, daß Millionen von Lesern nicht die Wahrheit über die Zustände in der Dritten Welt, über die Befreiungsbewegungen, über die Machenschaften der Geheimdienste und Militärbündnisse erfahren. »Wir wenden uns an die ganze revolutionäre Bewegung und an die Massenorganisationen der proletarischen

Macht in den Kerkern. Die Roten Brigaden werden den Angriff auf Herz und Magen des imperialistischen Staates nach den Bedürfnissen der ausgebeuteten Massen ausrichten.« (Zitat aus dem Schreiben der Entführer)
Die Entführer fordern, daß ihr Brief Nr. 2 in ganzer Länge in allen Medien verbreitet wird.

»Als das erste Schreiben auftauchte, haben wir seine Echtheit bezweifelt«, der Staatsanwalt verteidigte sich, »es hat in den letzten Jahren so viele Erkennungsmerkmale für diese sogenannten politischen Aktionen gegeben, die hier nicht zutrafen.«
Der Wohnraum der Villa glich einem überfüllten Wartesaal. Pfister und seine Männer vom BKA versuchten, mit Franz Bock ins Gespräch zu kommen, der Capitano und der Staatsanwalt hielten sich mit drei Carabinieri in einer anderen Ecke des Raumes auf, Journalisten versuchten, Bock zu einer Äußerung zu bewegen, Julia May besprach mit Micheli, wie man diesen Bienenschwarm wieder loswerden konnte.
Franz Bock schien ganz ruhig.
Die Tatsache, daß die italienischen Medien der Forderung der Entführer nach Veröffentlichung des ganzen Textes nicht nachgekommen waren, fand er lobenswert, aber er wußte auch, daß dies für seinen Bruder den Tod bedeuten konnte. Als Zeitungsverleger hätte er mit Sicherheit genauso gehandelt. Als Bruder hätte er das Schreiben abdrucken lassen, um den Entführten nicht in Gefahr zu bringen.
Angelo Micheli dirigierte das Durcheinander, so weit es möglich war. Er hatte Nummern für die wartenden Journalisten ausgegeben. Zehn von ihnen wurden hereingelassen, die anderen mußten vor der Absperrung warten.
Pfister sprach darüber, daß jetzt die Fahndungsmaßnahmen verstärkt werden müßten. Er bot dem Staatsanwalt und dem Capitano an, deutsche Ermittlungsbeamte hinzuzuziehen, er habe dazu die Vollmacht aus Wiesbaden erhalten.
Die italienischen Polizisten waren nicht gerade begeistert von diesem Angebot, aber sie wollten sich nicht vorwerfen lassen, sie hätten Unterstützung ausgeschlagen.
Das Telefon klingelte.

Alle Gespräche verstummten.
Bock nahm den Hörer in die Hand.
»Deutsche Botschaft in Rom. Ich verbinde.«
»Der Botschafter«, sagte Bock halblaut zu den Wartenden.
Franz Bock ließ sich auf dem Sofa nieder.
Aus dem Wortschwall, mit dem der Botschafter ihn überfiel, hörte er Mitleid, fast klang es wie Beileid, und das Angebot der Unterstützung heraus. In Bonn sei ein Krisenstab gebildet worden, mitten im Sommer, natürlich müsse der Grundsatz der Nicht-Einmischung gewahrt bleiben, der Botschafter holte nur Luft, um zu sagen, daß er sich persönlich um den Fall kümmern wolle.
Franz Bock dankte ihm und legte auf.
»Bonn ist auf unserer Seite«, sagte er mit lauter Stimme.
Der Journalist vom ›Messaggero‹ forderte Bock auf, nun endlich seine Stellungnahme zu den Vorgängen abzugeben, schließlich müßten sie den Text noch an die Redaktionen weitergeben, damit er am nächsten Tag auch erscheinen könne.
Franz Bock räusperte sich.
»Micheli, bitte.«
Angelo Micheli sagte: »Meine Herren, liebe Kollegen von den Medien, es fällt uns außerordentlich schwer, zum jetzigen Zeitpunkt etwas Definitives zu sagen. Grundsätzlich begrüßen wir die Entscheidung der italienischen Presse, das zweite Schreiben der Entführer nicht abzudrucken, aber wir möchten darauf hinweisen, daß dies nicht zu Lasten des Entführten gehen darf.«
Der Journalist vom ›Messaggero‹ wandte ein, eine Nicht-Veröffentlichung komme dem Todesurteil für Josef Bock gleich.
Micheli hatte diesem Journalisten schon beim Einlaß in die Villa gesagt, daß er mit seinen Fragen gleich zum Zentrum des Interesses vorstoßen möchte, damit man nicht allzuviel Zeit verliere. Er antwortete vorbereitet:
»Das Haus Bock ist sich der schweren Verantwortung bewußt, wenn es von seinen Zeitungen in Deutschland fordert, die Verlautbarungen der Roten Brigaden ebenfalls nur auszugsweise abzudrucken; wir werden damit die Entscheidung der italienischen Presse respektieren. Dennoch wollen wir versuchen, auf politischer wie publizistischer Ebene dafür zu

sorgen, daß der Entführungsfall so schnell wie möglich glücklich beendet wird.«
In diesem Augenblick sank Franz Bock zu Boden.
Julia war sofort neben ihm und hielt seinen Kopf.
Micheli bat die Journalisten, den Raum zu verlassen, ein paar Blitzlichter flammten auf.
Der Capitano und der Staatsanwalt wollten sofort einen Arzt rufen, aber Julia sagte, das sei nicht nötig, da bereits einer im Hause sei. Die drei Männer vom BKA drängelten die Journalisten hinaus.
Angelo Micheli lief in die obere Etage, um den Arzt zu holen, der am Abend zuvor aus Deutschland eingetroffen war.
Franz Bock hatte einen Kreislaufkollaps erlitten.
Der Arzt gab ihm Spritzen und forderte ihn auf, die nächsten Tage das Bett nicht zu verlassen.

13

Der christdemokratische Tourismusminister war außer sich, als ihm Ferini, der Vorsitzende des Verkehrsvereins Florenz, am Telefon die Anzahl der abreisenden Urlauber vorlas.
»Letzte Woche war ich in Hongkong, da sah ich, wie einer Frau die Tasche geklaut wurde, aber spricht jemand über die Taschendiebe von Hongkong? Immer sind wir es, immer die Italiener, wir haben den Taschendiebstahl erfunden, den Autodiebstahl und natürlich die Entführung.«
Nachdem am Morgen in den Tageszeitungen von dem zweiten Schreiben der Roten Brigaden berichtet worden war, hatten in Florenz über tausend Urlauber die Koffer gepackt; es hagelte Abbuchungen für die nächsten Tage.
Die ›Ente turismo‹ in Florenz, die jedes Jahr mit kleinen Wettbewerben und großen Plakataktionen auf die Schönheiten der Stadt aufmerksam machte, hatte Sorgen.
»Wir müssen eine Presseoffensive starten mit dem Motto: Italien ist sicherer als Hongkong oder Fernost. Großflächige Anzeigen in deutschen, englischen, französischen Zeitungen, blaues Meer, weißer Sand, ein paar junge Touristenschauspieler und darüber die Textzeile: Wer hat Angst vor Italien?

So etwas brauchen wir jetzt dringend. Sonst werden im nächsten Jahr die Besucherzahlen spürbar zurückgehen.«
Der Tourismusminister hatte eine Untersuchung in Auftrag gegeben, mit der herausgefunden werden sollte, welche Faktoren den Touristenstrom, eine der Hauptstützen der italienischen Wirtschaft, bestimmten. Wenn einer der Faktoren ausfiel, zum Beispiel die Sicherheit der ausländischen Besucher, konnte das fatale Folgen haben.
»Halten Sie mich auf dem laufenden, Ferini. Ich rufe morgen wieder an.«
Ferini legte den Hörer ganz sachte auf.
Wozu dieser Übereifer? Wenn der Minister eine Presseoffensive finanzieren wollte, war ihm das nur recht, vielleicht könnte man ein ganzseitiges Foto von Florenz in der Anzeigenserie unterbringen, aber bis zum nächsten Jahr würde sich die ganze Aufregung doch längst wieder gelegt haben.
Frauen, denen eine Handtasche gestohlen wurde, die fuhren vielleicht im nächsten Jahr woanders hin. Aber wie viele waren das?
Seine Sekretärin kam herein. »Giulio, schon wieder ein neuer Trick.« »Erzähl«, sagte Ferini, dem die Abwechslung gerade recht war.
»Gestern nachmittag am Bahnhof ist das passiert. Ein kleiner Junge, angezogen erste Klasse, Anzug mit Weste, schleppt sich mit den Koffern ab, kann nicht mehr, schleust sich ein vor gutgekleideten Touristen mit schweren Koffern. Er erweckt Mitleid, so ein kleiner Italiener, der so schwer tragen muß. Und es findet sich auch einer, der ihm helfen will, der seine Koffer abstellt und dem kleinen Jungen zur Hilfe eilt. Das hätte er natürlich besser unterlassen, denn sobald er seine Koffer stehen läßt, kommt von hinten einer, der sie an sich nimmt. Der kleine Junge rennt nach vorne. Die schweren Koffer, die das Mitleid des Touristen erregt haben, sind ganz leicht. Und natürlich leer. Die lassen sich immer wieder was Neues einfallen!«

»Ich bin kein Freund von Spekulationen«, widersprach Pietro Caméri seinen Zuhörern. »Ich spreche nur über das, was ich sicher weiß.«

Lionello hatte seine Studenten zu einem Vortrag über die Brigate rosse eingeladen. Pietro Caméri erläuterte die Struktur der Roten Brigaden, die sich 1969 in Chiavari konstituierten; er hatte über die Nuclei, die Zellen, gesprochen, die regional agierten, die sechs Kolonnenführer, die zur »strategischen Leitung« zählten, und den fünfköpfigen »Exekutivausschuß«, der 1978 die Entführung und Ermordung Moros durchführte. Alle Details stammten von einer »Laus«, so nannten die Brigadisten Patrizio Peci aus dem Leitungsgremium der Roten Brigaden, der im Februar 1980 verhaftet worden war.
Peci hatte in tagelangen Verhören ausgepackt, über 200 Namen von Mitgliedern der Organisation genannt und die Polizei zu versteckten Wohnungen und Materiallagern geführt. Pietro Caméri berichtete, daß die geheimen Protokolle über Pecis Aussagen fein dosiert durch den Vize-Chef des Geheimdienstes an die Öffentlichkeit gelangt waren.
»Inzwischen kämpfen die Roten Brigaden an zwei Fronten: Sie entführen Männer aus Wirtschaft und Bürokratie, und sie befinden sich in einem Abwehrkampf gegen die Kronzeugenregelung. Nach dem Gesetzesdekret 625 bekommen nämlich Aussteiger aus der Terroristenszene erheblichen Strafnachlaß. Folge dieses Gesetzes aus dem Jahre 1979: Der Bruder von Peci wurde von der Brigate rosse entführt und ermordet. Am Tatort fand man eine Botschaft der Mörder: *›Wenn man die Läuse erwischt, zerdrückt man sie.‹* Das soll als Warnung an Leute wie Peci gelten.«
Der Seminarraum der Universität war bis auf den letzten Platz gefüllt – die Veranstaltung dauerte über vier Stunden.
Clas Lutter machte sich Notizen, er saß neben Lionello und Ilaria, die Caméri zu diesem Vortrag eingeladen hatten. Die Diskussion hatte noch an Aktualität gewonnen, weil am Morgen die Nachricht von dem zweiten Entführerbrief erschienen war.
Aber Caméri wollte sich dazu nicht äußern.
Auch als Clas Lutter ihn auf seinen Verdacht ansprach, daß diese Briefe von der Polizei fingiert sein könnten, hatte er nur gesagt: »Das sind Spekulationen.«
Ihm war es wichtig, den historischen Prozeß der Entwicklung der BR darzustellen: Die Ermordung von Pecis Bruder zeigte,

daß sie keineswegs, wie noch vor Jahresfrist, sicher waren, daß die Polizei ihre Organisationsstruktur nicht aufbrechen könnte.
Clas Lutter bat Caméri am Ende der Diskussion zum zweiten Mal, er möge doch etwas zum Entführungsfall Bock sagen.
Ilaria flüsterte: »Warum willst du ihn drängen? Das ist etwas anderes, wenn wir privat mit ihm reden.«
Caméri antwortete, während er mit seinen Fingern durch die wenigen Haare fuhr: »Die verstümmelte Wiedergabe des letzten Entführerbriefes in der Presse – alles, was über die Tätigkeit dieses deutschen Verlegers gesagt wird, klingt wie aus dem Lehrbuch abgeschrieben. Dennoch will ich nicht behaupten, daß dieses Schreiben nicht echt sein kann. Nur eins macht mich und bestimmt auch andere stutzig. Wenn die BR einen Unternehmer aus der Medienindustrie entführen wollen, warum dann keinen aus Italien? Bisher haben die Brigate nur Italiener entführt.«

Zur gleichen Zeit saßen vier Herren in Lucca an einem großen Glastisch und waren amüsiert.
Die Zeitungsberichte stimmten sie froh.
Der späten Nachmittagsstunde entsprechend trugen sie leichte Anzüge, tranken Espresso und plauderten über Geschäfte in Venezuela und Argentinien.
Luciano Montesano bereitete eine neue Reise nach Lateinamerika vor, wo er sich mit der Tochter eines argentinischen Geschäftsfreundes verheiraten wollte.
Mario Confreddu brachte das Gespräch noch einmal auf die Höhe der Summe, über die man sich in einer langen Nacht geeinigt hatte.
Die zwei großen Klimaanlagen schalteten sich ein. Die hohe gläserne Kuppel wurde mit Frischluft versorgt, denn während der Verhandlungen blieben die Fenster geschlossen.
Franco Cotani wollte Geld auf seine Söhne überschreiben, damit es der Familie erhalten blieb.
Nino Calergi beschwerte sich über die *basisti,* die wirklich ausgetauscht werden müßten, erstens verlangten sie zuviel Geld für schlechte Arbeit, und zweitens seien sie zu hart im Umgang mit den Partnern.

Es war eine gemütliche Stimmung, und die vier Herren fühlten sich offensichtlich wohl.
»Irgend jemand nimmt uns die Arbeit ab und schafft unseren Freunden Beschäftigung«, sagte Confreddu, der einen goldenen Ring mit großem Diamanten am Finger trug. Die Bemerkung des Ältesten wurde mit einem kleinen Beifall bedacht.
Luciano Montesano hatte sich die gute Nachricht aus London aufgespart: »Die International Commerce Bank ist bereit, größere Geldmengen zu bearbeiten – sie haben sogar ihre Courtage gesenkt, nicht viel, aber immerhin um ein halbes Prozent.«
Nino Calergi lächelte, seine helle Stimme klang wie feingeschliffenes Glas kurz vor dem Zerspringen: »Die Engländer waren immer gute Geschäftsleute.«
Franco Cotani sah auf die Uhr: »Meine Herren, die blaue Stunde – wem darf ich etwas Höherprozentiges anbieten?« Er schenkte sich einen weißen Rum ein.

Angelo Micheli betrat die Hotelhalle. Marmor in drei Farbschattierungen, Goldleisten und Kunststoffpalmen schmückten die Rezeption.
»Ihre Zeitung, Signor Micheli«, der Nachtportier überreichte ihm den ›Corriere della Sera‹ zusammen mit dem schweren Zimmerschlüssel, an dem ein bronzener Reiter im Gewand des Palio hing, für jedes Zimmer war das Symbol einer anderen Contrada auf Schlüsselanhänger und Tür abgebildet. Nur die oberen Etagen mußten auf diesen historischen Schmuck verzichten.
Micheli war erstaunt. Schließlich hatte ihn diese Zeitung den ganzen Tag beschäftigt, was sollte er am Abend mit einem weiteren Exemplar anfangen?
Er ging zum Aufzug.
Drückte die Taste mit dem Pfeil nach oben.
Der Zimmerschlüssel wog schwer in seiner Hand; er war mit der Contrada Adler geschmückt.
Der Aufzug kam, und Micheli stieg ein.
Als er sein Zimmer aufgeschlossen hatte, das Licht ging automatisch an, fiel ein Foto aus der Zeitung:
Josef M. Bock.

Das Gesicht etwas verquält, ernst. Angespannt.
Die Augen leicht zusammengekniffen.
Es war kurz nach dreiundzwanzig Uhr.
Angelo Micheli überlegte, ob er in die Villa zurückkehren sollte. Aber dann entschied er sich, eine Nacht abzuwarten. Schließlich mußte sein Chef für dieses Foto ausgeruht sein. Er wählte die Nummer der Rezeption.
Der Nachtportier nahm nach dem fünften Ruf ab.
»Wann ist die Zeitung für mich abgegeben worden?«
»Welche Zeitung, Signor Micheli?«
»Die Zeitung, die Sie mir eben in die Hand gedrückt haben.«
»Keine Ahnung. Als ich meinen Dienst um zweiundzwanzig Uhr antrat, steckte sie schon in Ihrem Fach.«
»Gute Nacht.«
Micheli legte sich aufs Bett und betrachtete das Foto.

14

Franz Bock sah in den Rückspiegel seiner Limousine, der graue Wagen des BKA war direkt hinter ihm. Wenn er einmal stark bremste, hingen sie an seiner Stoßstange.
Micheli hatte kurz nach neun angerufen: »Der Monsignore erwartet Sie um zehn Uhr im Dom von Siena.« Zweimal wiederholte er den Satz und legte dann auf. Zwar hatte er Micheli gebeten, sich mit der Kirche in Verbindung zu setzen, aber jetzt, wo er sich nicht wohl fühlte, kam ihm dieses Treffen ungelegen. Dennoch wollte er die Gelegenheit nutzen. Es war immer gut, die Kirchenmänner einzuspannen.
Der Arzt hatte ihm abgeraten, sich in den Wagen zu setzen, wollte wenigstens mitfahren, aber Bock erwiderte nur, jede Abwechslung sei ihm momentan sehr willkommen und würde ihn eher gesunden lassen.
Er fuhr durch die Porta Laterina, seine Verfolger dicht auf den Fersen. Die Stadt war kaum belebt, so daß er in rascher Fahrt über die Via Stalloreggi zum Zentrum vorstoßen konnte. Er parkte die Limousine vor dem Ospedale.
Die geräumige Fassade des Doms mit seinen reichen Verzierungen lag im ersten Sonnenlicht.

Der Wechsel vom grellen Weiß der Fassade in das Dunkel des Innenraums mit dem Farbenspiel der Glasfenster, den alten Palio-Fahnen und dem rot-weiß-schwarzen Fußboden ließ ihn innehalten.
Dann sah er den Priester.
Monsignore Martino, ein junger Mann, der ihn fröhlich begrüßte und ihm ein Gebetbuch in die Hand legte.
Franz Bock war ungehalten. Er hatte mit einem wichtigeren Kirchenmann gerechnet.
Er dankte für die Anteilnahme und fragte den Priester, inwieweit er mit der Unterstützung des Bischofs rechnen könne, es sei zwar noch nicht bekannt, was die Brigaden für die Freilassung seines Bruders forderten, aber er rechne mit einer baldigen Mitteilung.
Monsignore Martino versprach, den Kontakt zum Bischof gleich herzustellen. Franz Bock solle sich eine halbe Stunde gedulden und die Zeit zu einem Gebet nutzen.
Der Priester verschwand in der Sakristei.
Franz Bock setzte sich in die dunkle Holzbank am Mittelgang. Die Sonnenstrahlen, die durch die Scheiben drangen, gliederten das Kirchenschiff in einzelne Räume. Die gewaltige Pisano-Kanzel lag im Schatten. Während des Gottesdienstes wurde sie angestrahlt. Zwei Kirchendiener huschten vorüber. Ein paar Besucher lasen aus dem Reiseführer.
»Bitte erschrecken Sie nicht, Herr Bock«, das war Micheli, der sich eine Reihe hinter ihn gesetzt hatte. »Und bitte, bleiben Sie während unseres Gespräches ganz ruhig. Hier sind wir ungestört. Die Beamten stehen am Kircheneingang.«
Bock drehte sich um.
Micheli legte den Finger auf den Mund.
»Wenn Sie die Seite 200 des Gebetbuches aufschlagen . . .«
Bock wollte protestieren, aber dann folgte er Michelis Anweisung.
Das Bild war ein Schock.
Sein Bruder.
Ein plötzlicher Schmerz, der Bock unterhalb der Rippen traf.
Ein Polaroid-Foto mit Datumseindruck: 11. August. Das Foto war zwei Tage alt.

Auf der Rückseite stand: »Leocorno«.
Das Einhorn.
»Herr Bock, ich würde Ihnen gerne einiges erklären, aber ich bitte Sie, mich nicht zu unterbrechen. Es könnte Aufsehen erregen.«
Bock war nicht in der Lage, Micheli zu unterbrechen.
Er starrte auf das Foto.
»Wir haben den Beweis, daß gemeine Kriminelle ihren Bruder entführt haben. Ich dachte mir das, aber ich wollte Sie nicht damit belasten.«
Ein Kirchendiener löschte die hohen Kerzen, die noch vom Frühgottesdienst brannten, mit einem Metallhütchen an einer langen Stange.
»Ich habe meinen Auftrag so verstanden, daß es darum geht, Ihren Bruder lebend zurückzubekommen. Dazu war es notwendig, die Polizei aus den Verhandlungen mit den Entführern herauszuhalten. Ich habe deshalb für die Polizei eine falsche Spur gelegt und die Bekennerbriefe für die Presse verfaßt!«
Franz Bock ließ das Foto aus den Fingern gleiten, drehte sich ruckartig um und stöhnte auf.
»Herr Bock, bitte, lassen Sie mich weiterreden.«
Wie eine Statue saß Bock da und ließ Micheli nicht aus den Augen.
»Es war nach meinen Erfahrungen nötig, so zu handeln. Erstens laufen jetzt die Verhandlungen über mich, und sie werden erfolgreich sein, weil uns die Polizei dabei nicht stört; zweitens: Die Polizei verfolgt eine andere Spur, auch wenn sie noch ziemlich im dunkeln tappen; drittens: Wir können unauffällig das Geld beschaffen und unbeobachtet die Übergabe und damit die Freilassung Ihres Bruders erreichen. Nur so ist gewährleistet, daß die Entführer nicht nervös werden, die lassen nicht mit sich spaßen.«
Franz Bock klammerte sich an die Holzbank.
Micheli stand auf, trat in den Gang, verbeugte sich vor dem Altarkruzifix und nahm dabei das Foto an sich, das Bock fallen gelassen hatte.
»Warum haben Sie mich nicht früher eingeweiht?«
»Weil ich nicht sicher war, daß es klappen würde.«

»Seit wann sind Sie sicher?«
»Seit gestern nacht, als ich das Foto im Hotel erhielt.«
»Wie können Sie ...«
Franz Bock verstummte. Er sah den Monsignore Martino mit schnellen Schritten auf sie zukommen.
»Wir reden weiter, wenn wir im Wagen zur Villa hochfahren«, sagte Micheli leise und entfernte sich.
»Der Bischof erwartet Sie«, der Priester machte eine einladende Geste.
Franz Bock erhob sich aus der Bank, spürte, wie schwach er war.
Mit einem Ruck richtete er sich auf, nahm sich an die Kandare.
Er folgte dem Priester am Altar vorbei in die Sakristei. Das Gespräch dauerte zwei Stunden.

Die Fahrt zur Villa verlief quälend.
Micheli saß am Steuer, Bock im Fond.
»Der Erfolg gibt Ihnen recht, Micheli«, sagte er, als er seinen Platz eingenommen hatte.
Der graue Wagen des BKA nahm die Verfolgung wieder auf. Die Straßen waren belebt, und oft mußten sie lange warten, bis die Schlange sich vorwärtsschob.
Micheli sprach über Details: Geldbeschaffung in München, Einschalten von Watermann, mit dem er täglich in Verbindung war, Generalvollmacht.
Franz Bock sah aus dem Fenster.
Die Landschaft hatte sich verändert. Das grelle Licht blendete. Farben waren kaum zu erkennen. Der Himmel war hart.
»Ich weiß, daß Sie meine Eigenmächtigkeit nicht schätzen, Herr Bock, aber ich denke, ich habe in Ihrem Interesse gehandelt. Je weniger Leute davon wissen, desto besser ist es natürlich.«
»Für wen halten Sie mich?« schnarrte Bock.
Micheli stoppte die Limousine, um einen Radfahrer über die Straße zu lassen.
»Wir haben keine andere Chance, glauben Sie mir.«
»Ich möchte mich nicht wiederholen, Herr Micheli, ich schätze durchaus, was Sie geleistet haben. Aber mir fehlt jedes Ver-

ständnis dafür, daß Sie ohne mein Wissen vorgegangen sind.«
»Wären Sie denn damit einverstanden gewesen?«
Sie erreichten die Sperre auf dem Feldweg, der zur Villa Riciano führte.
Der Schlagbaum wurde hochgezogen.
Die beiden Autos fuhren den Hügel hinauf.
Micheli parkte den Wagen direkt vor dem Eingang.
Bock blieb im Fond sitzen.
Es dauerte eine ganze Weile, bis Micheli ausstieg, die Chauffeur-Rolle weiterspielte und den Schlag aufhielt.
Julia öffnete: »Was hat der Bischof gesagt? Franz, du solltest lieber im Bett bleiben. Herr Lutter ist hier, er möchte dich dringend sprechen.«
»Lutter? Wer ist das?«
»Er behauptet, er kennt dich!« antwortete Julia halblaut.
Clas Lutter stand in der Eingangstür.
Bock fragte ungehalten, was er wolle.
»Ich habe Neuigkeiten für Sie, wir sollten darüber reden.«
Bock stellte ihm Micheli, seinen Generalvertreter in Italien, vor. Lutter mußte seine Vorstellung selbst vornehmen: »Redakteur bei den ›Schwäbischen Nachrichten‹. Wir gehören auch zum Bock-Konzern.«
»Wäre es nicht besser, wenn wir alleine reden?« fragte Lutter.
»Nein, ich denke nicht. Herr Micheli hat mein Vertrauen.«
Bock ging voran und führte die beiden Männer ins Haus. Die Terrassentür wurde geschlossen.
Franz Bock sah, wie die Mannschaft des BKA in ihrem Zelt verschwand.
»Herr Lutter, bitte, machen Sie es kurz. Ich bin sehr angespannt.«
Da Bock sich nicht hinsetzte, blieb auch Lutter stehen. Micheli bewachte die Tür.
»Ich, ich meine wir, meine italienischen Freunde und ich haben die Schreiben der Brigate rosse eingehend untersucht und sind zu dem Schluß gekommen, daß sie gefälscht sind.«
Diesen ersten Satz hatte Clas Lutter sich vorher zurechtgelegt.

Franz Bock reagierte sofort.
»Was? Wie kommen Sie darauf?« Er wies Lutter einen Platz auf dem Sofa an.
»Es gibt viele Anzeichen dafür, daß die Geheimdienste ein abgekartetes Spiel mit Ihnen treiben, und ich glaubte, Ihnen diese Überlegungen nicht vorenthalten zu dürfen.« Clas Lutter fügte die Mosaiksteine zusammen: Zum ersten würden die Roten Brigaden stets am Tatort Flugblätter und ihr Symbol, den fünfzackigen Stern mit dem Gewehr, hinterlassen, zum zweiten sei immer in den folgenden Tagen ein Foto des Entführten aufgetaucht, wiederum vor dem Symbol der Terroristengruppe und mit entsprechenden Forderungen, drittens klinge die Sprache der Bekennerbriefe eher nach einer Kopie früherer Mitteilungen der Brigadisten als nach einem eigenständigen Text, viertens hätten die Brigate rosse noch nie einen Ausländer entführt.
Clas Lutter bemerkte, während er seine Ausführungen machte, wie Bock immer häufiger Micheli ansah.
Angelo Micheli war an der Tür stehengeblieben.
»Herr Lutter, sind das Fakten oder Hirngespinste? Ich frage Sie als Journalist«, begann Micheli, ohne sich vom Fleck zu rühren. Clas Lutter erwiderte, das seien Fakten. Selbst der Staatsanwalt habe große Zweifel an der These, daß die BR Josef M. Bock entführt habe. Es gebe sogar eine Aktennotiz darüber.
»Aber Sie können keinen wirklichen Beweis vorlegen, sondern lassen sich von Gefühlen, ich will sagen, Vorurteilen leiten. Das paßt gut in Ihre Verschwörungstheorie: Der Geheimdienst steuert das ganze Land. Das denken Sie doch, oder? Dürfen solche Leute wie Sie eigentlich in Deutschland als Journalisten arbeiten?«
Micheli hielt die Stimme gesenkt.
Lutter sah Franz Bock an, der sich nicht von seinem Platz rührte.
»Herr Micheli, was sollte es für einen Grund geben, daß die Roten Brigaden in diesem Fall sich anders verhalten als in all den anderen Entführungsfällen, und die zählen schon nach mehreren Dutzend?«
»Sie sollten selbst wissen, gerade als Journalist, daß man kei-

ne Voraussagen für das Verhalten von kriminellen Idioten machen kann. Sie spekulieren zuviel, Herr Lutter!«
Franz Bock erhob sich.
»Herr Bock, ich würde gerne wissen, wie Sie darüber denken?« beharrte Clas Lutter.
»Ich gebe Micheli recht, wenn er sagt, das sind Verschwörungstheorien; aber ausschließen kann ich natürlich nicht, daß es sich auch um Fälschungen handeln könnte.«
Bock hustete.
»Ich möchte Sie aber bitten, sich nicht weiter darum zu kümmern, ich denke, daß alle Möglichkeiten sorgfältig geprüft werden.«
Er zeigte auf die Männer im Garten.
Lutter sprang auf.
»Aber wissen Sie denn, was das bedeutet, wenn unsere Überlegungen stimmen? Das heißt, daß Ihr Bruder möglicherweise schon längst tot ist, daß man Sie hinhält, daß eines Tages die Leiche gefunden wird, natürlich waren es die Terroristen, wird es heißen. Herr Bock, das ist mehr als eine bloße Spekulation!«
Lutters Stimme überschlug sich.
»Micheli, bitte.«
Franz Bocks Gesicht, das Lutter als das eines trainierten Sportlers in Erinnerung hatte, sah eingefallen aus, mit tiefen Rändern unter den Augen, die Wangenknochen waren hervorgetreten.
»Herr Lutter, wir haben für heute nachmittag im ›Garibaldi‹ eine Pressekonferenz vorzubereiten, Sie sind herzlich eingeladen«, Micheli öffnete die Tür, »wir können dort in Anwesenheit der anderen Journalisten auch über ihre ausgefallene These reden. Aber bitte, Sie sehen doch, daß Herr Bock gesundheitlich nicht ganz auf der Höhe ist, bitte . . .«
Clas Lutter kochte innerlich.
Er nickte kurz zu Bock hinüber.
Julia saß in der Eingangshalle.
»Ich hatte Sie gebeten, meinen Mann nicht zu belasten«, sagte sie, »trotzdem schönen Dank für Ihre Anteilnahme.«
Ihre Stimme klang, als wollte sie einen Kondolenzbesuch verabschieden.

15 Seit dem gestrigen Sonnenaufgang hatte er geschwiegen, einfach nichts mehr gesagt, sich verweigert, keine Frage beantwortet, war stumm geblieben, hörte, wie sie über ihn sprachen, zog sich in sich zurück, was habe ich mit denen zu reden, hatte keine Lust mehr, sich auf dringende Fragen lächerliche Antworten anzuhören, anscheinend war es ihnen auch völlig gleich, ob er sprach oder nicht, nicht von Belang, er zog sich in sich zurück und versuchte, Bilanz zu ziehen, die Stunden des Tages als Einteilung seiner fünfzig Jahre zu nehmen, sich zu erinnern, welche Jahre er gerne noch mal erleben wollte, welche er am liebsten vergaß, verdrängte, was ihn froh stimmte, ihm leid tat, er war nach drei gescheiterten Anläufen allein geblieben, wie hätte sich sein Leben verändert, wenn er Kinder gehabt hätte, ich habe Zeit, alles durchzudenken, mehr Zeit, als ich gewöhnlich dafür aufgebracht habe, er dachte an seinen Bruder, die ständigen Auseinandersetzungen mit ihm, seitdem sie beide den Konzern leiteten, wieviel war davon wirklich wichtig gewesen.
Josef M. Bock stellte fest, daß an diesem Morgen zwei seiner Bewacher zum Einkaufen gefahren waren. Er glaubte nicht, daß sie in den Läden der Umgebung einkauften, sondern daß sie von Mittelsmännern versorgt wurden oder daß es ein Depot gab, zu dem sie hinfuhren.
Der Stein hatte ihn seit einigen Minuten nicht aus den Augen gelassen.
Josef M. Bock schwieg.
Sie hatten ihm sogar neue Hosen gebracht.
»Ich werde Sie freilassen, Signor Bock.«
Der Stein, dessen rauhe Stimme ihm als erste aufgefallen war.
Josef M. Bock sah seinen Bewacher an.
Der Stein stand direkt neben ihm.
»Wenn die Gelegenheit günstig ist.«
Bock verstand sofort, was der Stein wollte.
»Sie schützen mich.«
Der Stein schlug sich auf die Brust.
»Ich mache nicht mehr mit. Ich brauche eine Garantie.«
Josef M. Bock bewegte die Arme, die auf dem Rücken zusammengebunden waren.
»Sie müssen mich schützen.«

Er will mich zum Reden bringen, dachte er, kann das Schweigen nicht mehr aushalten, will mit jemand sprechen, deswegen macht er dieses Angebot.
»Ihr Leben gegen meins. Ich brauche Geld und Sicherheit. Die dürfen mich nicht finden.«
Der Stein lächelte.
Es war das erste Mal, daß er ihn lächeln sah.
Die anderen beiden, die am Morgen weggefahren waren, lachten oft, machten zotige Witze, waren manchmal sogar komisch, aber der Stein lachte nie.
Josef M. Bock wurde unsicher.
»Ich mache nicht mehr mit. Verstehen Sie.«
Bock nickte einmal. Ganz kurz.
»Wenn Sie mir Sicherheit geben.«
Es wäre ein leichtes, aus diesem Wald zu fliehen. Das Unterholz gab ihnen Deckung. Meistens blieb der Bewacher, der zum Einkaufen unterwegs war, mehrere Stunden weg.
Der Vorsprung würde reichen.
Sie mußten handeln.
Sofort.
In seinem Kopf wuchsen Pläne.
Josef M. Bock sagte: »Welche Sicherheiten brauchen Sie?«

Der Konferenzsaal des Hotels ›Garibaldi‹ war überfüllt. Angelo Micheli wartete nicht, bis der letzte Zuhörer einen Platz gefunden hatte, sondern begann die Pressekonferenz mitten im Trubel der Teams. Er hatte einen Text vorbereitet, den er in italienisch vortrug.
Clas Lutter lehnte an der Rückwand des Saales, Ilaria hatte ganz vorne einen Platz gefunden.
Die hohen Fenster des Raumes ließen ihn wie ein Kirchenschiff erscheinen. Die Stirnwand schmückte das Stadtwappen von Siena.
Lutter dachte daran, wie dieser Micheli ihn vor ein paar Stunden abgefertigt hatte.
Dürfen solche Leute wie Sie in Deutschland überhaupt als Journalisten arbeiten, dieser Satz ging ihm nicht aus dem Kopf. Sein neuer Chef bei den ›Schwäbischen Nachrichten‹ war ein Liberaler, wenn er ihn mit Micheli verglich.

Er hatte Ilaria von dem Treffen in der Villa erzählt und davon, wie er Micheli in der Pressekonferenz angehen wollte. Es hatte keinen Zweck, vor diesen Journalisten seine These von der Fälschung der Entführerbriefe auszubreiten.
Dazu brauchte Lutter handfeste Beweise. Aber er wollte Micheli mit Nachfragen reizen, nicht lockerlassen, wollte, daß er aus der Rolle fiel.
»Es is immer domm, wenn en Amadör ne Presskonferenz macht«, sagte ein älterer Herr, der sich durch die drängelnden Reporter neben Lutter zwängte. »Der Maa liest doch elles alte Sach vor.«
Dabei stellte er sich auf die Zehenspitzen, um die Anwesenden in Augenschein nehmen zu können.
Micheli las seinen Text jetzt in englisch. Die Fernsehteams von CBS und NBC schalteten ein, schoben andere unsanft zur Seite, ein Kameramann drängte sich nach vorne, verdeckte mit seinem Körper den Kollegen die Sicht.
»Ein Dommkopf, dieser Micheli«, der ältere Herr murmelte vor sich hin, als könne er die Zunge nicht im Zaum halten.
»Kennen Sie ihn?« fragte Lutter.
»Ka scho sein. Ond Sie kennen den net?« Der ältere Herr, dessen schwarzer Kurzhaarschnitt ein wenig zu kurz geraten war, lächelte.
»Nein, ich hatte noch keine Gelegenheit dazu«, Lutter interessierte die Wiederholung des Textes nicht mehr.
»Spielt sich auf, als wär er der ganze Konzern. Er hat mir mol geseit: Wenn mer mir gnügend zahlt, dann mach ich elles.«
Lutter spürte, wie sein Gesprächspartner Emotionen ablud, seine Wut herausredete.
Micheli begann den Text der Stellungnahme in französisch vorzulesen. Sprachbegabt war er, daran bestand kein Zweifel.
Clas Lutter stellte sich dem älteren Herrn vor.
»Oh, da hab i den Richtgen troffen«, sagte er, »Sie haben mi neulich angrufen, um diesen Artikel über den Tod des Fantino loszuwerde.«
Clas Lutter wußte, wer ihm gegenüberstand, der Rom-Korrespondent der Illustrierten, der langsame *Schwabe*. Diesmal kam er ihm gar nicht so langsam vor.

»Warum haben Sie den Artikel nicht gewollt?«
»Mir werden so viele Texte anbote, ich könnt mei Büro damit tapezieren.«
Lutter ließ es damit bewenden. Ihn interessierte, was dieser Angelo Micheli in Rom trieb.
Aber der Korrespondent war nicht mehr so gesprächig, er erzählte nur noch, daß Micheli schon einmal einen Kollegen über die Klinge springen ließ, Lutter solle sich in acht nehmen, mit dem sei nicht zu spaßen.
Angelo Micheli las die Stellungnahme in deutsch vor. Franz Bock gehe es den Umständen entsprechend gut, sein Kreislaufkollaps erfordere aber, daß man ihn einige Tage nicht belästige, er sei mit führenden Politikern in Rom und Bonn in Kontakt, weil jetzt nur noch der politische Weg zu einer Lösung führe, selbstverständlich könne er keine Details über diese Bemühungen bekanntgeben. »Ich glaube sogar«, Angelo Micheli grinste ein wenig, »wir werden, sollten unsere Bemühungen Erfolg haben, auch nach der Befreiung von Josef M. Bock nichts darüber verlauten lassen.«
Die anwesenden deutschen Journalisten lachten kaum über diese Bemerkung, weil sie den Scherz schon in einer der anderen Sprachen verstanden hatten.
Clas Lutter bat ums Wort.
Er mußte brüllen, um überhaupt Gehör zu finden.
»Herr Micheli, ist es in Italien üblich, daß bei Entführungsfällen durch die Brigate rosse ein derartiges Aufgebot an Polizei Hunderte von Wohnungen...«, weiter kam er nicht, er sah, wie Angelo Micheli seinen Platz unter dem sienesischen Stadtwappen verließ und durch den hinteren Ausgang verschwand.
»Dypisch Micheli«, sagte der Rom-Korrespondent, »emmer en starker Abgang.«

Franz Pfister leitete die Sitzung, obwohl der Dolmetscher, den er aus Wiesbaden hatte kommen lassen, Tempo und Themen des Gesprächs bestimmte.
Sie saßen im Garten der Villa, hatten einen Klapptisch aufgebaut und sogar Kaffee organisiert, den die italienischen Kollegen allerdings nach dem ersten Schluck stehenließen. Das

BKA, dessen gewichtiger Vertreter Pfister an diesem Nachmittag war, drängte auf eine verbesserte Koordination der Fahndung. Pfister fühlte sich ausgeschlossen, zwar hatte man ihm die Sicherung Bocks überlassen, aber sobald es um Diskussion der Fahndungsmaßnahmen ging, wurde abgeblockt, das seien italienische Belange. Sowohl der Staatsanwalt und der Capitano als auch Vertreter des Innenministeriums machten ihm klar, daß sie keine Einmischung wünschten.
»Wir müssen davon ausgehen«, sagte der Staatsanwalt, »daß die Roten Brigaden demnächst ihre Forderungen stellen, bisher war alles nur ein Vorspiel. Ich hoffe, Kollege Pfister, Sie sind sich im klaren, was das bedeutet...«
Pfister nickte eifrig, als der Dolmetscher ihm die Worte des breitschultrigen Staatsanwaltes übersetzte. Er war sich jedoch nicht im klaren, was der Italiener damit meinte.
Der Capitano zwirbelte an seinem Bart: »Wir haben einige Spuren, die direkt zu Verstecken der BR führen, und wir hoffen, in den nächsten Tagen einige Nester auffliegen zu lassen. Vielleicht ist Bock dort untergebracht.«
Der Dolmetscher bat den Capitano, seine Einlassung zu wiederholen, weil er den neapolitanischen Dialekt nicht richtig verstanden hatte.
Franz Pfister sah seine deutschen Kollegen an: »In diesem Zusammenhang möchte ich noch mal eine Frage aufwerfen, die uns seit unserer Anwesenheit sehr beschäftigt: Gibt es irgendwelche Hinweise, daß auch deutsche Terroristen in den Fall verwickelt sein könnten?«
Der Staatsanwalt rutschte auf seinem Gartenstuhl, der unter ihm zusammenzubrechen drohte.
»Wenn Sie damit Ihre Forderung nach einer gemeinsamen Fahndungsstrategie begründen wollen«, begann er mit großer Geste, »dann muß ich Sie enttäuschen. Wir haben alle Ihre Hinweise geprüft, auch wenn der Entführte Deutscher ist, nichts deutet auf deutsche Beteiligung.«
»Aber der Tip könnte von deutschen Terroristen gekommen sein. Oder würden Sie dem nicht zustimmen?«
Diesmal antwortete der Capitano: »Das kann schon sein, aber das bedeutet noch lange nicht, daß deutsche Terroristen direkt an der Entführung mitgewirkt haben.«

Ein Beamter des BKA rief Pfister ans Telefon.
Die Zentrale in Wiesbaden.
Pfister bat um Entschuldigung, dann ging er in das große Zelt und nahm den Hörer in die Hand.
»Nach unseren Informationen aus Rom«, sagte sein Vorgesetzter, »gibt es keine Chance, daß Bock ausgetauscht wird, ganz gleich gegen wen, die stellen sich stur. Aber bitte, behalten Sie das noch für sich, Pfister.«
Pfister dankte für die Aufklärung und ging langsam zu der Sitzung zurück.
Der Dolmetscher übersetzte gerade die Frage des Capitano, ob man wisse, was Bock im Dom von Siena mit seinem Generalvertreter Micheli zu besprechen gehabt hätte.
Franz Pfister war erstaunt: »Herr Bock hatte einen Termin mit einem Monsignore und später, wie wir erfahren haben, mit dem Bischof von Siena. Ich denke, es ging um geistliche Fragen, kirchlichen Beistand, darum kümmern wir uns nicht.«
Der Capitano ließ nicht locker: »Es ist Ihnen doch nicht entgangen, daß Micheli mit ihm anschließend in die Villa gefahren ist?«
»Nein, das haben wir auch beobachtet. Aber Micheli ist jetzt täglich mehrere Stunden bei ihm. Das ist auch ganz normal, schließlich ist er sein Generalbevollmächtigter in Italien.«
Der Capitano schüttelte den Kopf: »Das wissen wir auch. Unsere Quelle sagt, die beiden haben sich im Dom getroffen und nicht erst nachher.«
Franz Pfister wurde unruhig.
Er bat um eine Gesprächspause, zog sich mit seinen deutschen Kollegen zur Beratung zurück. Sie waren keinen Schritt weiter gekommen, die Italiener mauerten.
Das Verhältnis zwischen den italienischen und deutschen Behörden mußte neu und grundsätzlich bestimmt werden.
Als sie wieder an den Tisch zurückkehrten, blieb Franz Pfister stehen.
»Ich bitte die italienische Seite klipp und klar um Aufklärung der folgenden Frage: Lassen Sie unsere Bewegungen hier am Ort durch Ihre Leute beschatten?«

16 An diesem Freitagmorgen radelte Clas Lutter nach Siena, trotz schlechter Wegstrecke, trotz der Hitze und der Autofahrer, die ihn immer wieder an den Straßenrand abdrängten. Er suchte die Konfrontation mit Angelo Micheli, wollte ihm ins Gesicht sagen, was er von ihm hielt.
Weil Lionello an diesem Morgen früh aufgestanden und in sein Sommerseminar gefahren war, saß er jetzt auf diesem rostigen Fahrrad; er wollte Ilaria nicht schon wieder als Taxi mißbrauchen.
Die ganze Nacht hatte er von Micheli geträumt, war immer wieder wachgeworden und zurückgefallen in den gleichen Traum. Sie hatten sich angebrüllt. Die schlimmsten Beschimpfungen, in fünf verschiedenen Sprachen. Sie hatten sich geprügelt, bis zum Umfallen. Wobei Micheli meist der Stärkere war und Lutter vergeblich um Hilfe rief.
Warum hatte er sich diese Behandlung gestern bieten lassen? Weil sein oberster Chef dabei war? Micheli ließ ihn wie einen grünen Jungen abblitzen. Dürfen solche Leute wie Sie...
Er war völlig verschwitzt, als er durch die Porta Camollia fuhr. Wie einer, der den Giro d'Italia gewonnen hat. Das Hotel lag auf der anderen Seite der Stadt, er wollte den steilen, schmalen Corso hinunter lieber das Rad schieben.
Jedesmal, wenn er in die Stadt kam, sah sie anders für ihn aus, als könnte sie sich verstellen. Jetzt waren es die kaum erkennbaren Gemüseläden, die Schusterwerkstätten, die ihm in dem alten Gemäuer auffielen; ohne große Reklametafeln, die jede Architektur zum bloßen Beiwerk degradierten.
Nur die Piazza del Campo, das wunderbare Herzstück der Stadt, war, wie immer, voller Touristen, die in kleinen oder großen Gruppen Tauben jagten, fotografierten, als brauchten sie den Beweis, tatsächlich an diesem Ort gewesen zu sein.
Clas Lutter nahm Reißaus. Er hatte den Platz selten vor fünf Uhr nachmittags betreten.
Das große Hotel ›Garibaldi‹, in dem am Tag zuvor die Pressekonferenz stattgefunden hatte, lag in einer Senke. Unübersehbar beherrschte es die Häuser alten Zuschnitts.
Der Portier empfing Lutter mit einem herablassenden Lächeln, als wisse er, daß dieser verschwitzte Herr kein neuer Gast war.

»Nein, Herr Micheli ist heute morgen abgereist.«
Clas Lutter stutzte.
»Wieso abgereist?«
»Gäste reisen ab, das kommt vor.«
Der Portier sah wieder auf das große Register, in dem er Namen radierte.
»Wohin?«
»Das entzieht sich meiner Kenntnis. Aber selbst, wenn ich es wüßte, es gehört zu den Gepflogenheiten unseres Hauses...«
Clas Lutter ärgerte sich, daß Micheli ihm ein zweites Mal entwischt war.
»Ich bin Journalist und habe gestern an der Pressekonferenz in Ihrem schönen Saal dort hinten teilgenommen, Clas Lutter ist mein Name, ich arbeite für Herrn Micheli und Herrn Bock, deswegen wäre es ganz dringend, daß ich ihn erreiche.«
Der Portier sah Lutter an, musterte ihn.
»Dann sollten Sie eigentlich wissen, daß Herr Micheli abgereist ist, nicht? Aber ich kann Ihnen soviel sagen, er wird wiederkommen, er hat sein Zimmer nicht geräumt. Wenn Sie eine Nachricht hinterlassen wollen, es ist die Suite L'Aquila!«
Der Adler, dachte Lutter, aber am Sonntag hat der keine Chance, den ›Palio‹ zu erringen.
»Ich werde noch einmal wiederkommen, um eine Nachricht in sein Fach zu stecken.«

Zwei Stunden später traf Angelo Micheli in München ein. Seine Maschine war pünktlich, der Wagen stand am Flughafen bereit, Watermann saß am Steuer.
»Sie können sich gar nicht vorstellen, was hier in der Zentrale los ist.« Watermann fuhr stadteinwärts über die Autobahn. »Jeden Tag bekommen wir Hunderte von Briefen, Telegrammen, Hilfsangeboten. Es ist unglaublich. Wir könnten ganze Zeitungen damit füllen.«
»Ich hoffe nicht, daß Sie es tun«, sagte Micheli, der auf dem Rücksitz eine Auswahl der Konzernprodukte fand und sich für die Zeitung mit der dicksten Schlagzeile entschied.
»Hundswetter – wieder drei Tote.«
Watermann war ein Geschäftsführer der alten Schule, ein

paar Jahre weiser als Franz Bock, seit dem neuen Start nach Kriegsende dabei. Als Micheli ihn telefonisch gebeten hatte, nicht viel Aufhebens von seinem Besuch in München zu machen, ließ er sich die Wagenschlüssel von seinem Fahrer aushändigen.

»Wie wollen wir verfahren, Herr Micheli?« begann er ohne Umschweife, als sie das großflächige Büro im vierzehnten Stock des Konzernhochhauses betraten.

»Ich erläutere Ihnen kurz unsere Strategie, dann leiten wir die notwendigen Schritte ein.«

Angelo Micheli hätte gerne etwas zu trinken gehabt, aber es drängte ihn, erst die geschäftliche Seite zu erledigen.

»Ich habe mit Herrn Bock folgendes vereinbart: Zwar liegen bis jetzt die Forderungen der Roten Brigaden noch nicht auf dem Tisch, aber wir werden versuchen, sie mit einer größeren Menge Geld auszukaufen.«

»Auszukaufen?«

Watermann fragte zurück, wie er sich ständig bei seinen Gesprächspartnern durch Rückfragen versicherte. Ein ehernes Prinzip, wenn es um Geld ging.

»Die Brigaden brauchen Finanzmittel, aber weil sie sich ein politisches Image geben, fordern sie niemals öffentlich Geld. Wir werden also Kontakte ausfindig machen, um mit ihnen zu verhandeln. Sie werden dann nicht nein sagen.«

Watermann zog eine Brille aus der Tasche, gehälftete Gläser, in Silber gefaßt, die gut zu seiner Haarfarbe paßten.

»Herr Micheli, ich bin mir nicht ganz sicher ... Haben Sie das wirklich mit dem Konzernchef vereinbart? ... Ich würde mich gerne durch eine Rückfrage versichern.«

»Das kommt gar nicht in Frage. Wenn Sie am Telefon auch nur ein Wort in diese Richtung verlauten lassen, dann werden wir Josef Bock nicht wiedersehen.«

Angelo Micheli zog ein Papier aus der Tasche.

»Ich denke, das genügt.«

Watermann las die Vollmacht, die von Bock unterschrieben war. Volles Vertrauen, seinen Anweisungen ist Folge zu leisten.

»Wieviel?«

»Wir glauben, fünf Millionen sollten ausreichend sein.«

»Fünf Millionen, wann?«
»Ab sofort. Zu meiner Verfügung. Auf drei verschiedenen Banken, in deutscher Mark.«
Watermann begann zu rechnen.
»Das wird nicht ganz einfach sein. Nach italienischen Devisengesetzen, ich habe mich da kundig gemacht ...«
»Herr Watermann, über diese Details sollten wir später reden. Vielleicht werden wir das Geld gar nicht einsetzen können, aber – und das sage ich in vollem Ernst – es wird unsere einzige Chance sein. Nur wenn es uns gelingt, die Brigaden mit unserem Lösegeld zu überzeugen, haben wir eine Chance, Josef Bock freizubekommen.«
Watermann sah aus dem Fenster. Die Stadt dampfte von der sommerlichen Hitze.
»Aber die Öffentlichkeit?« wandte er ein. »Wir können doch nicht fünf Millionen an Terroristen zahlen. Das wird uns geschäftliche Einbußen in aller Welt einbringen. Ich kann nicht verstehen, wie Herr Bock ...«
»Wozu sollte die Öffentlichkeit etwas erfahren? Glauben Sie denn, wir machen die Geldübergabe im Scheinwerferlicht? Das geht Zug um Zug, auf internen Kanälen. Eines Tages wird Josef Bock frei sein, und wir erfinden eine Geschichte, wie es uns gelungen ist. Ein Kinderspiel.«
Watermann ließ sich nicht beirren.
»Und wenn es durchsickert? Man macht uns die Hölle heiß, ich kann schon die Kommentare lesen: Zeitungskonzern finanziert neue Mordserie der italienischen Terroristen. Herr Micheli, das ist Irrwitz, was Sie da vorhaben!«
Angelo Micheli bat um etwas zu trinken.
Watermann verließ das Büro.
Er gab seiner Sekretärin den Auftrag, einen Orangensaft zu besorgen. Dann wählte er die Nummer der Villa in Italien.
Bock meldete sich.
»Hat Micheli Ihr Vertrauen?« fragte Watermann, nachdem er sich nach Bocks Befinden erkundigt hatte.
»Das habe ich doch schriftlich bestätigt. Warum fragen Sie?«
»Ich brauchte Ihre mündliche Bestätigung. Danke sehr und alles Gute.«

Watermann trug den Orangensaft in sein Büro.
Micheli leerte das Glas in zwei Zügen.
Watermann sagte betont freundlich: »Ich habe Ihnen eine Auswahl der Briefe unserer Leser zusammengestellt. Damit auch Herr Bock die Anteilnahme spürt, die unserem Haus in diesen Tagen zuteil wird. Sie sollten Sie bei Ihrer Rückkehr nach Italien mitnehmen.«
Angelo Micheli sah das Päckchen, das Watermann von seinem Schreibtisch nahm.

Franz Bock saß an seinem Stammplatz.
Zum ersten Mal seit der Entführung seines Bruders war er mit Julia ins Restaurant ›Il Pozzo‹ gegangen.
Der Wirt fand keine Worte, überreichte mit ernstem Gesicht die Speisekarte; er war sehr nervös.
»Ich habe richtigen Hunger«, sagte Julia, »er soll uns was zusammenstellen.«
Bock gab die Bestellung auf.
»Und eine Flasche Brunello, aus dem 74er Jahrgang, Sie wissen schon.«
Der Wirt notierte.
»Er behandelt dich wie einen Fremden«, Julia war überrascht, »du hast doch immer hier gegessen. Und mich scheint er völlig zu ignorieren, dabei war ich letzten Sommer . . .«
Franz Bock nahm ihre Hand.
Die Beamten des BKA, die am ersten Tisch des Restaurants mit Blick auf den Eingang Platz genommen hatten, störten ihn nicht mehr. Sie waren eine persönliche Leibgarde geworden. Nur diesen übereifrigen Pfister mußte er bremsen.
Nach dem Kreislaufkollaps fühlte er sich trotz der Spritzen des Arztes so schlapp wie selten zuvor.
Julia dagegen schien ihre Krise überwunden zu haben. Sie hatte ihn ermuntert, etwas zu unternehmen, sich die Wartezeit zu verkürzen. Sie hatte lange Gespräche mit ihm geführt, versucht, ihm Kraft zu geben, aber das war ihr kaum gelungen.
Julia brach ein Stück von dem frischem Brot ab.
»Franz, du hast mir versprochen, dir zu überlegen, wann du der Polizei Mitteilung machst . . .«, sie stockte, sah die entfernt

sitzenden Kriminalbeamten, »sie müssen uns helfen, jetzt wissen wir doch...«
Franz Bock war müde.
»Julia, bitte.«
»Sie machen das nicht zum ersten Mal, Franz. Die Polizei weiß genau wie du, was es für Josef bedeutet, wenn herauskommt, daß ihr zusammenarbeitet...«
Der Wirt brachte den Wein und öffnete die Flasche.
»Lassen Sie ihn noch ein wenig atmen«, riet er.
Bock wartete, bis der Wirt den hinteren Raum verließ, dann schenkte er ein.
Er trank hastig.
»Wenn du der Polizei verschweigst, daß es bloße Kriminelle sind, die Josef entführt haben, dann können sie auch nichts unternehmen.«
Julia deckte ihr Glas mit der Hand ab, sie wollte nichts trinken.
Den ganzen Vormittag hatte er über Michelis eigenmächtiges Vorgehen nachgedacht, es war ein genialer und gefährlicher Plan. Franz Bock war zu der Entscheidung gekommen, daß er Micheli nicht hindern wollte, das Manöver fortzusetzen.
»Hörst du mir überhaupt zu?« fragte Julia.
Bock sah sie an, ohne etwas zu sagen.
»Warum machen diese Terroristen das? Brüsten sich mit einer Entführung, die andere durchgeführt haben? Das ist doch Blödsinn.«
»Hattest du etwas anderes erwartet?« Franz Bock sprach den Satz sehr gedehnt aus.

Clas Lutter berichtete von Michelis Verschwinden. »Mitten im größten Trubel reist der Generalbevollmächtigte des Konzernchefs ab. Da ist etwas faul, oberfaul, würde ich sagen.«
Ilaria kniff Lutter in die Wange.
»Willst du dich revanchieren, weil er dich so fertiggemacht hat?«
Ihre Hand streichelte sein Gesicht.
»Kann sein«, erwiderte Lutter, dem die Liebkosungen gefielen.
Quinto hatte an diesem Abend nicht viel zu tun. Donnerstag,

da war Pause, da waren die einen schon ins Wochenende gefahren, die anderen noch nicht unterwegs. Die Lastwagenfahrer-Kneipe, wenige Kilometer von Poggiolo entfernt, wurde an diesem Tag gesäubert. Nur Stammgäste hatten Zutritt. Die Familie kochte Essen für sich und für wenige Freunde.
Lionello betrat den Laden und fragte, ob Ilaria schon da sei. Quinto wies ihn in den Eßraum, den drei lange Neonröhren in grünliches Licht tauchten.
Er sah die beiden Verliebten nebeneinander sitzen und setzte sich an den Nebentisch. »Will nicht stören«, er wandte sich ab und fragte, was die Familie heute abend auf den Tisch bekomme.
Dann drehte er sich um.
»Das ist kein Unbekannter, dein Micheli«, Lionello sprach ziemlich laut, »hat in Trento studiert und gehörte zum radikalen Flügel der Studentenbewegung. Links außen. Demonstrationen mit Gewalt. Einmal wäre er beinahe von der Uni relegiert worden, weil sie eine Stunde lang die Hauptstraße blockiert haben und die Polizei räumen mußte.«
»Woher hast du das?« fragte Lutter, der sich einen Augenblick aus Ilarias Umarmung löste.
»Gute Kontakte. In Trento gibt es einen Kollegen, der hat mit ihm studiert. Der verfolgt den Weg von Micheli mit großem Interesse. Immer, wenn mal was in den Zeitungen steht, hat er es gelesen. Er sagt: Micheli schlägt zu, wenn es drauf ankommt, hat er damals auch schon gemacht.«
Lionello senkte die Stimme: »Ein Konvertit, sieh mal an.«
»Was?«
»Einer, der selbst mal ein Radikaler war, und jetzt ist er das genaue Gegenteil. Linker Spinner hat er dich genannt. Gerade dich«, Lionello kicherte und zeigte mit dem Finger auf Lutter.
Quinto brachte das Abendessen. Ossobuco nach Art des Hauses, mit frischem Broccoli.
Lionello begann, mit den Fingern auf der Platte das beste Stück herauszufischen.
»Dem traue ich das zu«, sagte er kauend.
»Du meinst, daß er mit dem Geheimdienst zusammenarbeitet?«

»Vielleicht. Aber bestimmt weiß er davon, wenn die Bekennerbriefe von deren Schreibtischen kommen.«
Ilaria sah Lutter an: »Ein Spinner bist du schon! Aber ein linker?«

17

Ferragosto, Maria Himmelfahrt, ein freier Tag Mitte August, der Tag, an dem in Italien alles stillsteht. Der ›Corriere della Sera‹ druckte ein großes Bild von dem entführten Pressetycoon und daneben den Artikel:

BRIGATE ROSSE STELLEN FORDERUNGEN
Deutscher Verleger im Austausch für zehn Gefangene?
Zum dritten Mal haben sich die Roten Brigaden an die Öffentlichkeit gewandt. Der Text, der gestern nachmittag unsere Redaktion erreichte, ist drei Seiten lang.
Im Austausch für den deutschen Unternehmer Josef M. Bock fordern die Entführer die Schließung der beiden Super-Carceri Asinara und Trani sowie die Freilassung von zehn inhaftierten Mitgliedern ihrer Organisation. Sie weisen darauf hin, daß aufgrund der schlechten gesundheitlichen Verfassung ihres »Gefangenen« ein baldiger Austausch anzustreben sei.*
Sie zitieren in ihrem Schreiben angebliche Aussagen von Bock über Machenschaften der internationalen Medienindustrie, Verbindungen zwischen Politik und Medien mit den Geheimdiensten.
So soll Bock gesagt haben, daß der CIA die US-amerikanischen Fernsehanstalten regelmäßig mit Hintergrundmaterial versorge.
Eine Reaktion der italienischen Regierung war aufgrund des bevorstehenden Feiertages nicht zu erhalten. Ein Pressesprecher meinte nur, man werde verfahren wie immer, an der Haltung der Regierung gegenüber den Entführern habe sich nichts geändert.

Der Botschafter gab Franz Bock die Hand.
Er hielt sie lange fest.

* Hochsicherheitstrakte

Bock kannte ihn seit mehr als zwanzig Jahren.
Eine Kriegsverletzung ließ ihn das rechte Bein nachziehen, was bei seiner Größe von fast zwei Metern besonders auffiel. Er war ein bekannter Händeschüttler, auf offiziellen Empfängen ließ er selten jemand aus.
»Wir sollten unter vier Augen ...«, der Botschafter gab seinem Adjutanten ein Zeichen.
Julia zog sich ebenfalls zurück.
Seit dem Erscheinen der Morgenzeitung war sie wieder unsicher geworden. Vielleicht hatte Micheli doch nicht unrecht? Franz hatte tatsächlich das Bild von Josef gesehen. Daran zweifelte sie nicht. Das Bild, das der ›Corriere‹ abdruckte, stammte aus dem Archiv. Es zeigte einen lächelnden Josef.
Franz Bock las den Artikel in der Zeitung wie eine Falschmeldung. Er klammerte sich an die Version, die Micheli ihm unterbreitet hatte und war weniger denn je bereit, sich der Polizei zu offenbaren.
»Franz, es ist für uns nicht ganz leicht«, begann der Botschafter in gesetztem Ton. »Wir brauchen voreinander kein Versteck zu spielen. Ich will dir auch nur sagen, daß wir alles tun werden ...«
Bock unterbrach ihn.
»Aber es wird keinen Austausch geben, oder?«
»Nein. Mano dura, wie bei Moro. Keinen Austausch.«
Der Botschafter senkte die Stimme: »Wir haben alles versucht. Der Außenminister ist in Ferien, wir machen einen letzten Versuch, wenn er nächste Woche zurückkommt. Der Innenminister ist stur.«
»Aber es muß eine Möglichkeit geben. Man kann Josef doch nicht einfach opfern.«
Bock fühlte, wie seine Kräfte wieder schwanden, am liebsten hätte er seinem langjährigen Freund gesagt, daß er Nachricht von den tatsächlichen Entführern habe, sogar den Beweis, daß Josef lebt, gesehen habe.
»Franz, ich kann die hiesigen Behörden nicht übergehen. Es ist die Politik dieser Regierung, Forderungen der Brigate rosse nach Freilassung von politischen Gefangenen niemals zu erfüllen. Das ist anders als bei der Lorenz-Geschichte. Aber da hat sich in Bonn ja auch einiges geändert.«

Der Botschafter hielt Bock an der Schulter.
»Hält Julia das durch?« fragte er mit leiser Stimme.
»Es geht ihr besser.«
Franz Bock suchte nach einer Sitzgelegenheit.
Die Hitze machte ihm zu schaffen.
Sein Kreislauf fuhr Achterbahn.
Mal pulste das Blut in seinem Kopf, hämmerte wie verrückt, dann wieder waren die Blutbahnen leer und drohten zu kollabieren.
»Habt ihr einen Plan?« fragte der Botschafter, als sei jetzt die Zeit für Pläne gekommen.
»Wie meinst du das?«
»Ihr müßt damit rechnen, daß Josef ermordet wird.«
»Ja.«
»Wäre es nicht besser, Italien zu verlassen?«
Franz Bock merkte, was sein Gesprächspartner bezweckte.
»Wir bleiben, bis die Sache ausgestanden ist.«
»Aber, es wäre besser. Die Hatz geht erst richtig los, wenn ...« der Botschafter zögerte, »die Leiche gefunden wird. Ich hab da Erfahrungen, ich leb immerhin schon acht Jahre in diesem Land.«
Er will uns loswerden, will damit nichts zu schaffen haben, dachte Bock, wenn wir nach Deutschland zurückkehren, kann er zur Tagesordnung übergehen.
»Wir bleiben«, sagte Bock müde.

Clas Lutter hatte sich alle Zeitungen besorgt, die über das dritte Schreiben der Roten Brigaden berichteten. Er war überrascht.
Seine Vermutungen, daß der Geheimdienst hinter diesen Erklärungen steckte, wurden blasser. Als habe sich ein neuer Schleier darüber gelegt.
Er hatte Lionello, der noch schläfrig in der Küche saß und auf seinen Espresso wartete, um die Wagenschlüssel gebeten. »Ich fahre nach Florenz.«
»Heute ist Ferragosto«, gab Lionello gähnend zu bedenken.
»Ich weiß«, Lutter nahm die drei silbernen Schlüssel und verließ die Küche.
»Du mußt tanken«, rief Lionello hinter ihm her.

Die kleine Piazza in Poggiolo hatte großen Besuch. Über Nacht waren zehn Autos angekommen, da Ferragosto auf einen Samstag fiel, wurde ein Familienwochenende daraus. Lutter schaffte es nur mit Mühe, den Renault zwischen den anderen Autos hinauszumanövrieren.
Er wollte sich den vollständigen Text dieses Entführungsschreibens besorgen, denn die Zeitungen hatten sich an die Nachrichtensperre gehalten. Die Rechnung ging auf: Den Entführern wurde damit die Öffentlichkeit entzogen.
Während der Fahrt durch die sonnenverbrannte Landschaft dachte Lutter darüber nach, daß er spätestens Sonntag nacht wieder nach Tübingen fahren mußte. Er wollte das Rennen am Sonntag sehen, abwarten, bis sich die Besuchermassen verzogen hatten, und dann den Nachtzug nehmen. Er überlegte, ob er Lust zu dieser Kraftanstrengung hatte.
Der Wagen stotterte.
Lutter sah die Nadel des Benzinanzeigers.
Dann blieb er stehen. Direkt neben einer Ausfahrt.
Lutter stieg aus.
Er suchte im Kofferraum den Reservekanister und mußte feststellen, daß Lionello keinen besaß.
Es dauerte eine Viertelstunde, bis ein Fiat 500 anhielt und ihn mit ins nächste Dorf nahm, wo der Fahrer persönlich einen Tankwart kannte. »Da kriegen Sie Benzin, und wenn es uns der sechsjährige Sohn verkauft.«
Unterwegs fragte ihn der Italiener, dessen Gesicht zerknittert war wie Korkeichenrinde, ob er etwas über diesen armen Deutschen wisse, den sie entführt hätten. »Sie sind doch ein Landsmann von ihm.«
Clas Lutter sagte, viel Neues würde es nicht geben, die Entführer hätten Forderungen gestellt.
Der Fahrer fluchte: »Diese Sarden ruinieren unseren Ruf. So lange war die Toskana ein ruhiges Land, jetzt, seit immer mehr Sarden hierüber ziehen, ist alles in Unordnung. Un casino incredibile.«
»Aber die Sarden haben Bock doch nicht entführt!« sagte Clas Lutter, als müßte er die Zeitungsberichte verteidigen.
Das kleine Dorf, das vierhundert Meter über der Autostraße lag, bestand nur aus zehn Häusern.

Als Lutter die Zapfsäule sah, war er erleichtert.
Der Italiener klingelte Sturm.
Es dauerte eine ganze Weile, bis eine alte Frau öffnete. In Schwarz gekleidet. Sie schloß die Pumpe an.
»Worein sollen wir das Benzin geben?« fragte sie mit einem zahnlosen Lächeln.
Der Italiener sagte: »Ich habe auch keinen Reservekanister. Die sind in Italien verboten, weil man damit Molotowcocktails machen kann.«
Lutter glaubte eher, daß bei der großen Anzahl von Tankstellen niemand Reservekanister für nötig hielt.
Die alte Frau kam mit zwei Chianti-Flaschen und füllte das rötliche Benzin hinein.
Sie hatte keine Korken, so daß beide Flaschen mit einem Stück Zeitung verstopft werden mußten.
Lutter bedankte sich.
»In Italien geht immer alles schief«, sagte sein neuer Bekannter, »aber es geht immer alles.«
Lutter hatte die beiden Benzinflaschen auf den Knien, als sie langsam den Berg wieder hinunterfuhren. Zwei Molotowcocktails, original-abgefüllt.
Eine Stunde später war er in Florenz, stellte den Wagen auf den großen Parkplatz vor dem Palazzo Pitti und machte einen kurzen Besuch im Boboli-Garten, um den nackten König auf der Schildkröte wiederzusehen.
Die Läden waren geschlossen.
Rollgitter vor den Fenstern.
Dennoch ließ Lutter sich nicht entmutigen. Er lief über den Ponte Vecchio zur Innenstadt.
Als er das hohe florentinische Palastgebäude des ›Corriere‹ erreicht hatte, fand er tatsächlich einen Pförtner.
Nein, heute würde er niemanden antreffen, nein, er dürfe das Gebäude nicht betreten, nein, er solle morgen wiederkommen, nein, er könne da keine Ausnahme machen.
Der Pförtner saß wie ein Frosch hinter seiner Scheibe.
Lutter versuchte es mit dem Presseausweis.
Er hatte keinen Erfolg.
»Wann haben Sie Feierabend?« fragte Lutter.
Der Pförtner sah auf die Uhr.

»In zwei Stunden.«
»Ich lade Sie zum Essen ein.« Lutter konnte sich nicht vorstellen, daß so ein plumper Versuch zum Ziel führte. Der Pförtner ließ ihn durch, zeigte ihm den Fahrstuhl.
»Es ist die dritte Tür links«, sagte er.
Die Redaktionsräume waren riesig.
Er dachte an seine kleine Stube in Tübingen.
Lutter fand einen Kollegen, mit dem er schnell ins Gespräch kam. Sie unterhielten sich über den bevorstehenden Palio. Der italienische Redakteur wunderte sich, wieso ein Ausländer so viel darüber wußte.
»Ich darf Ihnen das Bollettino nicht geben, das wissen Sie, Herr Kollege, aber ich mache Ihnen eine Kopie.«
Clas Lutter verstand die Logik dieser Antwort nicht, aber er hatte erreicht, was er wollte.
Das Essen mit dem Pförtner verlief sehr angenehm. Der Mann hatte sich gewünscht, einmal bei einem Chinesen essen zu gehen, aber er traute sich nicht alleine hin.
Nachmittags um vier besuchte Lutter den Wissenschaftler Pietro Caméri.
Es machte sich bezahlt, daß er fast den ganzen Tag gebraucht hatte, um in den Besitz des dritten Entführerbriefes zu gelangen.

Der Abendgottesdienst an Maria Himmelfahrt war gut besucht. Der Bischof stieg gemächlich auf die Pisano-Kanzel des sienesischen Domes.
Das Licht der drei großen Scheinwerfer blendete ihn. Er konnte sein Publikum kaum erkennen.
Es gehörte zur Tradition dieses Gottesdienstes, dem kommenden Palio einen friedlichen Verlauf zu wünschen.
Dann wechselte der Bischof von Siena das Thema:
»Wir leben in einer Zeit, in der die größten Gefahren nicht mehr von der Natur ausgehen, sondern vom Menschen selber. Ich bete in diesen Tagen für den Entführten, den deutschen Verleger, der Opfer eines der schrecklichsten Verbrechen ist, das wir in unserem Land kennen.
Was sind das für Menschen, die aus vorgeblich politischen Motiven andere Menschen unter ihre Gewalt zwingen? Was

sind das für Kreaturen, die Angst und Schrecken verbreiten?
Wie verblendet und verwirrt müssen diese Menschen sein, wenn sie nicht sehen, daß eine Entführung die so gescholtenen Verhältnisse nicht verändern kann!
Ich appelliere von dieser Stelle aus an die Vernunft.
Seid vernünftig und laßt diesen armen Menschen frei, der euch nichts schuldet, den ihr in Todesangst stürzt.
Seid vernünftig und beendet das grausige Spiel mit den Wünschen und Hoffnungen seiner Angehörigen.
Seid vernünftig, und ihr werdet vernünftig behandelt.
Nach langen Überlegungen und Gebeten erkläre ich mich bereit, mich zum Austausch gegen den deutschen Verleger zur Verfügung zu stellen.
Mein Leben gegen das Leben dieses unschuldigen Menschen, dem ihr solche Gewalt aufzwingt.
Nehmt mich, ich bitte euch!
Der Austausch kann stattfinden, wann immer ihr wollt.«

18

»Keine Angst, ich amüsiere mich gut. Doch, ganz bestimmt«, Clas Lutter stand an die Kommode gelehnt und telefonierte mit seinem Freund Sven, der bei den ›Schwäbischen Nachrichten‹ für den Sport zuständig war. Sven hatte die Fußballergebnisse aller Bundesligaspiele im Kopf, Torschüsse und rote Karten, wußte, warum welcher Spieler nie in die Nationalmannschaft gekommen war, und brillierte gelegentlich mit internationalen Kenntnissen.
Clas Lutter war aufgewacht mit dem Gedanken, daß er seinen Urlaub verlängern wollte, hatte keine Lust auf eine Nachtfahrt, um am nächsten Morgen zerschlagen an seinem Schreibtisch zu sitzen.
Seit zehn Minuten machte er Sven klar, daß Tübingen noch weiter als die gewöhnlichen 700 Kilometer gerückt war und daß er mindestens noch eine Woche bleiben wolle. Sven hatte ihn einmal kurz auf die Entführung angesprochen und gefragt, ob Lutters Urlaubsverlängerung damit zu tun habe, aber Clas Lutter erzählte nichts darüber.

Während er vom Essen und vom Licht der Toskana, vom bevorstehenden Rennen und Ilaria schwärmte, merkte er, daß Sven immer einsilbiger wurde.
»Meinst du, daß es geht? Ich meine, mit unserem neuen Boß, du hast doch schon Erfahrung mit ihm?«
Sven antwortete nur: »Das mußt du wissen.«
»Was willst du damit sagen?«
Clas Lutter hätte ihm in diesem Augenblick gerne gegenübergestanden. Wenn sein Freund Sven einen solchen Satz sagte, dann mußte er davon ausgehen, daß etwas geschehen war. Aber Sven wich aus.
Clas Lutter feilschte um Tage, nicht eine ganze Woche, nur bis Donnerstag, oder Mittwoch.
Dann fragte er direkt, was Sven habe, warum er sich so anstelle.
»Clas, ich habe keine Lust, den Boten zu spielen, das ist es.«
Die Antwort stach.
»Wie lautet die Botschaft? Ich bringe dich nicht um.«
Mit einem Schlag war Clas Lutter hellwach. Er kannte Sven seit so vielen Jahren, vertraute ihm.
»Es ist in deiner Post. Dir ist gekündigt worden.«
»Noch mal.«
»Manter hat dir gekündigt. Das ist die Botschaft.«
Clas Lutter dachte an den neuen Lokalchef, gegen den er gestimmt hatte.
»Warum?«
»Frag mich nicht. Die Begründung lautete, einer müsse gehen, mehr nicht. Die Arbeit sei auch mit einem Redakteur weniger zu schaffen. Rationalisierung nennt man das. Wir spielen jetzt nur noch mit zehn Mann.«
»Seit wann weißt du ...«
Sven schluckte ein paarmal, es knackte in der Leitung. »Ich hab es schon am Freitag gewußt, aber mich nicht getraut, dich anzurufen.«
»Danke«, sagte Lutter, der Sven keinen Vorwurf machen wollte.
»Ich weiß, daß du jetzt in einer Scheißlage bist, aber ...« Sven brach ab.
»Laß mal, noch weiß ich nichts davon. Sag diesem Herrn Man-

ter, ich würde ein paar Tage später kommen. Und du hast mir nichts gesagt. Klar?«
»Klaro«, erwiderte Sven.
Clas Lutter legte auf.
Er rechnete nach und kam zu einem Ergebnis, das einen Namen trug: Micheli, Angelo Micheli. Natürlich, einige Anrufe, eine plötzliche Übereinstimmung, jawohl, der Mann ist nicht tragbar, und eine Entscheidung.
Er ließ sich in die Hocke nieder.
Er war lange genug bei den ›Nachrichten‹, um nicht kurzfristig auf die Straße gesetzt werden zu können, aber das verschob sein Problem nur um ein paar Monate. Manter hatte auf Zeit gespielt, im Urlaub die Kündigung auszusprechen; niemand war da, der sich wehrte. Rationalisierung auf die kalte Art. Er mußte mit dem Betriebsrat Kontakt aufnehmen, die Gewerkschaft einschalten. So schnell würde er seinen Platz nicht räumen. Auch wenn es bestimmt sehr ungemütlich in seiner Redaktionsstube würde.
Er dachte an Micheli.
Lionello rief, die erste Runde Espresso sei fertig. Sein neapolitanischer Grunzer ließ Lutter hochfahren.
Langsam ging er die Steinstufen hoch.
»Sie haben mich rausgeschmissen.«
»Aha.«
Lionello rauchte und rührte drei Löffel Zucker in seine Tasse.
»Gekündigt.«
Sein Freund inhalierte tief und blies den Rauch durch die Nase.
Lutter verbrannte sich wieder einmal den Zeigefinger an der Espressokanne.
»Willst du nach Hause?« fragte Lionello.
»Vor dem Rennen? Auf keinen Fall. Vielleicht heute nacht. Bringst du mich zum Zug?«
Lionello nickte.
»Porca miseria«, sagte er laut.

Eine Stunde später saßen sie im Wagen und fuhren nach Siena. Clas Lutter hatte sich auf gar keinen Fall an dieser Ge-

schichte beteiligen wollen, aber Lionello ließ sich nicht abbringen. Er wollte wissen, was mit diesem Micheli los war. Wenn Micheli etwas über die Kündigung Lutters wußte, dann würde er es schon rauskriegen.
Lionello hatte ausführlich mit der Dame an der Rezeption geflirtet, zehn Minuten Telefonarbeit.
Seine Geschichte war überzeugend. Dennoch wollte Lutter nichts damit zu tun haben.
Das Hotel ›Garibaldi‹ war wie ein Rummelplatz.
Das Fieber vor dem großen Rennen am Nachmittag, alle Zimmer belegt.
»Nun geh schon«, sagte Lionello und drückte Clas Lutter in den Aufzug.
Die Tür schloß sich hinter ihm.
Lionello ging zur Rezeption und stellte sich vor.
»Wir haben vorhin miteinander gesprochen«, sagte er mit Timbre in der Stimme.
Die Dame erkannte ihn: »Ach, Sie sind der Ärmste.«
Lionello hatte ihr erzählt, daß die beiden Sitzkarten für ihn und seinen Freund im Zimmer von Micheli liegen müssen. Sie hätten jeder 40 000 Lire dafür bezahlt, und nun sei ihr Freund Micheli plötzlich abgereist.
»Sie können mir auch jemand mitgeben, wenn Sie mir nicht trauen.«
Die Dame, deren Hoteluniform aus dem Museum der Kavallerie stammen mußte, zögerte.
»Nein. Aber bringen Sie mir den Schlüssel gleich wieder zurück.«
Sie drehte sich um und nahm den schweren Zimmerschlüssel vom Bord.
»L'Aquila.«
»Ich weiß«, raunte Lionello.
Er ging zum Aufzug. Pfeifend.
»Du bist vollkommen verrückt geworden«, sagte Lutter, als sie sich auf dem Flur trafen. »Erst wolltest du nur mit ihm reden, jetzt brichst du in sein Zimmer ein.«
»Nur mal nachsehen. Das ist doch kein Einbruch.«
Er schloß die Suite auf, als habe er schon immer hier gewohnt.

Ein großer Empfangsraum, wie das geräumige Wohnzimmer einer italienischen Familie, ein Marmorbad und ein Schlafzimmer mit Fernseher und Terrasse.
»Hier könntest du auch wohnen, wenn du es zu etwas gebracht hättest.«
Lionello griff in die vordere Tasche seiner Weste.
»Die Karten hab ich schon gefunden, hier.«
Er lachte.
Clas Lutter war erstaunt.
»Als Abschiedsgeschenk an dich und Ilaria, ich hab euch zwei Plätze gekauft für heute nachmittag.«
»Bist du wahnsinnig, das kostet . . .«
»Das ist meine Sache«, unterbrach ihn Lionello.
Clas Lutter sah die altmodische Schreibmaschine mit der italienischen Tastatur, daneben ein paar Bücher, säuberlich übereinandergestapelt.
Lionello begutachtete das Bad.
»Wie bei König Umberto zu Hause«, rief er. »Möchte man direkt in die Schaumwellen steigen.«
Zwischen den Büchern entdeckte Lutter eine Fotokopie des Entführerbriefes, den er sich am Tag zuvor in Florenz besorgt hatte. Der Text kam ihm länger vor, als der, den der freundliche italienische Kollege ihm kopiert hatte. Clas Lutter steckte ihn ein.
»Weißt du, was dieses kleine Schloß hier kostet?« rief Lionello, der inzwischen die Aussicht von der Terrasse genoß. »Ich glaube, davon kann eine ganze Familie eine Woche lang essen gehen.«
Clas Lutter sah sich um. Sterile Modernität, das Doppelbett mit Samt eingefaßt, ein Radiowecker, die Stehlampe verchromt, dicker Teppichfußboden. Eingepackte Sicherheit. Er mochte diese großkotzige Vornehmheit nicht, aber sie paßte zu Micheli.
»Laß uns gehen«, sagte Lutter.
Lionello schüttelte den Kopf.
»Wir suchen noch«, er winkte mit den beiden Sitzplatzkarten.

Sie trafen Ilaria im Café Nannini.
Clas Lutter erzählte von der Kündigung.
Lionello sagte, daß er sich Micheli vornehmen wolle, wenn er wieder zurück nach Siena komme. Das würde er schon rauskriegen, ob dieser feine Ex-Revolutionär damit etwas zu tun habe.
Ilaria wollte Lutter trösten, aber er wollte nicht getröstet werden. »Vielleicht ist es gut so, dann bewege ich wenigstens meinen Hintern mal weg.«
»Auf die neue Chance«, Lionello reichte Lutter ein hohes Glas mit Brandy.
»Heute nachmittag gewinnt die Lupa«, Ilaria faßte Lutter um die Hüfte, »Lu-pa. Lu-pa.«
Lutter war nicht so sicher, daß die Wölfin tatsächlich unter den ersten Pferden einkommen würde.
»Lionello hat uns zwei Karten gekauft«, sagte er ihr leise ins Ohr.
»Ich weiß, aber wir werden dort zu dritt sitzen. Das machen wir immer so.«
Das gläserne Straßencafé war ein akustisches Chaos, die Schreie der Barleute und Kunden, dazwischen im Rhythmus die beiden elektronischen Kassen, das Zischen der Espressomaschinen und der sirrende Mixer, mit dem Eis zerschlagen wurde. Wenigstens hatte Sven ihm die Wahrheit gesagt, dachte Lutter, und nahm sich vor, für die nächsten drei Stunden die Kündigung zu vergessen.
Auf der Straße zogen fahnenschwingend die Anhänger der Gans vorbei. Dicht gefolgt von denen des Turms.
»Wir müssen los«, rief Lionello mitten hinein in das Stimmengewirr.
Ihr Balkon ragte im zweiten Stock eines Palazzo auf die Stirnseite der Piazza hinaus.
Lionello zeigte die beiden Karten, nahm Lutter neben sich, sie traten ins Freie, unter ihnen die angeheizte Menschenmenge, die in der offenen Muschelhälfte des Platzes wogte.
»Ilaria hole ich später«, sagte er, zog eine Zigarette aus der Packung und steckte sie an.
»Wann hast du den Krach mit diesem Micheli gehabt?« fragte er.

»Ich hab schon nachgerechnet. Das war am 13., Donnerstag. Einen Tag später wußte mein Freund Bescheid.«
Lutter sah das Fahnenmeer, hundertmal die gleichen Farben. Die Rennbahn war frei, und die Contrade hielten Einzug. Voran der Palio mit dem Marienbild, dahinter die Fahnenschwenker und Reiter in Uniformen, dazwischen die Musikanten mit ihren wuchtigen Holzblasinstrumenten und Trommeln. Die Prozession nahm ihren Anfang.
»Aber kann es sein, daß Micheli so schnell herausbekommt, wo du arbeitest?«
»Ich hab ihm, glaube ich, selbst gesagt, wo ich arbeite.«
»Merda«, zischte Lionello.
Lutter hatte keine Lust, darüber zu reden, heute war Palio, und er wollte sich diesen Tag nicht verderben lassen. Wie oft hatte er schon auf diesem Platz gestanden und auf die »rasenden drei Minuten« gewartet, so nannte er das schnell beendete Pferderennen.
»Ich geh Ilaria holen«, Lionello stand auf, blickte über den Platz, der im vollen Sonnenlicht lag.
Die Gans hatte einen neuen Reiter gefunden. Lutter sah die Farben, den Fantino konnte er unter seinem Hut nicht erkennen. Die Bilder vom tödlichen Sturz tauchten auf. Wie ein Flash.
Ilaria kam mit einer Neuigkeit: »Torre hat gezahlt.«
Ilaria war ganz außer sich.
»Ich hab es von zwei Seiten. Torre soll Tartaruga und Leocorno bestochen haben.«
Das kam vor. Nicht jedes Jahr, aber immer mal wieder. Eine Contrada versuchte es mit Geld.
Aber es konnte auch ein Gerücht sein, um Torre in Mißkredit zu bringen.
Gerüchte waren in der kleinen Stadt schnell verbreitet. Bei diesem Rennen ging es um das Prestige eines Stadtteils, einer Contrada, um die Ehre des Palio. Da war jedes Mittel recht.
Vor Jahren hatte Lutter seinem Freund vorgeschlagen, auf die Pferde zu wetten, da könnten Millionenumsätze getätigt werden; als Ökonom müsse er schon diese Möglichkeit bedacht haben. Aber Lionello hatte ihm nur geantwortet, daß er noch lange nicht begriffen habe, was der Palio eigentlich sei.

»Da sitzt er wieder«, Ilaria zeigte mit dem Finger auf einen anderen Balkon, »da unten. Kannst du ihn sehen, Clas?«
Der grauhaarige, schmächtige Mann, der auf dem Balkon ganz allein saß, war ein amerikanischer Musiklehrer, der seit mehr als dreißig Jahren nach Siena kam, immer einen ganzen Balkon mietete, immer zwei Wochen im Jahr an der gleichen Stelle Urlaub machte. Auch wenn kein Rennen war, konnte man ihn dort sitzen sehen.
»Heute gewinnt Leocorno«, sagte Lutter, »paß auf, die haben einen Vorlauf geschafft, das heißt auch...«
»Abwarten«, Lionello zog mit dem Zeigefinger die rechte Augenbraue herunter.
Als das Rennen zwei Stunden später gestartet wurde, kam es zu einer Schlägerei.
Das Gerücht tat seine Wirkung. Mitten auf dem Platz begannen sich Gruppen von Anhängern zu prügeln, Torre war darunter, Oca auch, vom Balkon aus konnten sie die Raserei des Publikums verfolgen. Lutter sah, wie auf der Ehrentribüne ein Mann nach hinten gestoßen wurde. Sofort griffen Hände nach ihm, aus denen Fäuste wurden.
»Da hab ich die Karten am richtigen Tag gekauft«, rief Lionello, dem diese Rauferei sichtlichen Spaß machte.
»Wer hat gewonnen?« wollte Clas Lutter wissen.
»Torre, verdammt noch mal. Und dabei war die Lupa endlich mal dran.« Ilaria war wütend.
»Hat nicht genügend gezahlt«, gab Lionello zurück.
Ein Wagen mit Blaulicht fuhr auf die Lehmbahn, dahinter gleich ein zweiter, und dann ein Einsatzwagen, aus dem während der Fahrt Carabinieri sprangen.
Die Schlägerei fing gerade erst an.

Sie saßen in der Küche und sahen in verschiedene Richtungen.
Die trübe Birne, die von der Decke hing, gab gerade so viel Licht, daß sie sich gegenseitig erkennen konnten.
Clas Lutter hatte die Koffer gepackt, aber er wußte nicht, ob er wirklich abfahren sollte. Lionello erinnerte ihn daran, daß er seinem Freund in Tübingen den Auftrag gegeben habe, ihn für ein paar Tage zu entschuldigen.

Ilaria wollte auf keinen Fall, daß er abfuhr. Ab und zu streichelte sie seinen Arm.
Die Aggression nach dem Rennen saß ihnen in den Knochen. Die Carabinieri waren nicht zimperlich gewesen.
Der rauhe Spaß nach den »rasenden drei Minuten« war umgeschlagen in bösartigen Haß.
Lutter verglich die beiden Kopien des Entführerbriefes. Er hatte sich getäuscht. Der Text, den ihm der Kollege in Florenz gegeben hatte, stimmte mit der Kopie überein, die er aus Michelis Hotelzimmer mitgenommen hatte.
»Und wenn du noch mal in Tübingen anrufst und direkt mit dem neuen Chef sprichst?« Ilaria war die erste, die das Schweigen nicht mehr aushalten konnte.
»Das sind Illusionen, Ilaria«, antwortete Lionello. »Wenn Clas nicht selbst in Tübingen erscheint...«
Die Küche spiegelte sich in den schwarzen Fenstern. Rings um Poggiolo war alles dunkel.
»Ich denke, ich fahre«, Clas Lutter sprach vor sich hin.
Ilaria zuckte zusammen.
Lutter wiederholte seine Entscheidung.
»Das ist verrückt, Clas.« Lionello beugte sich über den Marmortisch, auf dem die Reste von mehreren Gängen einträchtig nebeneinander standen. »Wenn es stimmt, daß Micheli seine Finger drin hat, dann mußt du hier bleiben und ihn stellen, oder du gehst direkt zu Bock. Was willst du in Tübingen?«
Ilaria nahm die beiden Kopien und hielt sie nebeneinander.
»Ihr beide seid nicht früh genug aufgewacht«, ihre Stimme überschlug sich. »Wo hast du das her?« Sie hielt eine Kopie hoch.
»Aus Florenz.«
»Und die andere?«
»Aus Michelis Zimmer im Hotel, das haben wir dir doch erzählt...«, Lutter senkte seine Stimme. Ihm war immer noch unwohl, daß Lionello diese kleine Inspektion vorgenommen hatte. Und dabei waren sie ohne Fortune gewesen.
»Und wie kommt sie dahin?« fragte Ilaria.
»Der Generalbevollmächtigte des Konzernchefs wird wohl leicht eine Kopie erhalten können, schließlich geht es um die Entführung seines Bruders.«

»Aber wenn der Generalbevollmächtigte gar nicht da ist?« Ilaria triumphierte.
Clas Lutter schüttelte den Kopf.
»Gestern ist die Zeitung erschienen . . .«, dann stockte er. »Du hast recht. Micheli war einen Tag zuvor abgereist . . .«
»Und so ein Schriftstück legt dir nicht der Hotelservice ins Zimmer. Du hast ja selbst nur auf Umwegen eine Kopie davon bekommen.«
Ilaria glühte.
»Vielleicht ist er deswegen abgereist, um die Kopien zu verbreiten. Nachdem der Entführerbrief bei der Zeitung eingegangen ist, kann er natürlich auch eine Kopie in seinem Hotelzimmer gehabt haben, aber nicht vorher.«
»Ihr seht Gespenster«, Lionello steckte sich eine Zigarette an, »so dumm wird er nicht sein, daß er selbst diese Schreiben verfaßt.«
»Ich bleibe«, sagte Clas Lutter.

19

Clas Lutter wählte den direkten Weg zur Villa Riciano. Lionello brachte ihn an die Absperrung. Dort mußte er seinen Ausweis vorzeigen. Er sah, wie der Carabiniere zum Hörer griff. Fünf Minuten später ging Lutter den staubigen Weg hoch. Den leichten Anstieg zur Villa nahm er als Training. Es war kurz nach zehn, das helle Blau des Himmels ging allmählich ins Weißliche über, das Grün der Büsche und Bäume begann seine morgendliche Leuchtkraft zu verlieren, und die Zypressen standen wie schwarze Ausrufezeichen in der Landschaft.
Clas Lutter hatte gut geschlafen, beim Aufstehen hatte er sich vorgenommen, einen Besuch bei Bock zu machen, selbst wenn es sein letzter sein sollte. Die Beweisstücke faltete er und steckte sie in die vordere Tasche seiner dünnen Jacke.
Bock wird toben, dachte er. Das wollte er in Kauf nehmen. Diese Genugtuung brauchte er.
Julia May empfing ihn an der großen Eingangstür in einem langen gelben Kleid, das gut zu ihrer gebräunten Haut paßte.

»Sie haben es mir zu verdanken, daß Sie zu ihm dürfen«, erklärte sie ihm. »Er wollte Sie eigentlich nicht empfangen.«
Lutter wußte, daß dies nur die Ouvertüre war.
»Kommen Sie herein«, die Stimme von Franz Bock, der im Wohnraum auf dem Sofa saß.
Das Sofa, der Thron, fiel Lutter ein, als Symbol der Macht. Von da aus kann man leicht jemanden abkanzeln. Bei Kafka ist es das Bett.
Julia schloß die Tür hinter ihnen. Sie setzte sich neben Bock und nahm seine Hand.
Wie konnte ein Mann in so wenigen Tagen sein Äußeres derart verändern? Lutter glaubte sogar, silberne Streifen in seinem Haar zu sehen. Oder ließ er sich gewöhnlich die Haare färben?
»Herr Bock, ich belästige Sie nur ungern in einer Angelegenheit, die mit der Entführung nichts zu tun hat...« Lutter unterbrach sich, »ist Signor Micheli gar nicht da?«
»Nein, Signor Micheli ist noch unterwegs«, erwiderte Bock, »aber fahren Sie doch fort.«
Lutter sah, wie Julia sich an Franz Bock anschmiegte.
»Ich belästige Sie, wie gesagt, nur ungern damit, aber mir bleibt kein anderer Weg. Ich habe gestern erfahren, daß mir gekündigt worden ist, und ich habe den Verdacht, daß Signor Micheli oder«, Lutter räusperte sich, wollte seine Stimme ganz klar haben, »Sie selbst daran beteiligt sind.«
Franz Bock entzog sich Julias Berührung.
»Ist das nicht etwas seltsam, daß ich Sie dann hier empfange, wenn ich... das ist völlig absurd. Und für Signor Micheli lege ich meine Hand ins Feuer, der würde niemals so etwas tun.«
Clas Lutter rechnete vor: Der Streit am Donnerstag, am Freitag die Kündigung aus heiterem Himmel, mitten hinein in den Urlaub, ohne den Betroffenen anzuhören.
»Herr Lutter, es tut mir leid für Sie, aber bitte, glauben Sie mir, so etwas ist in unserem Hause nicht üblich. Ich sitze, wie Sie wissen, an einer ganz anderen Stelle im Boot als Sie, mehr auf der Kapitänsbrücke«, Franz Bock unterbrach den Vergleich.
Clas Lutter hatte auch keine Lust, ihn zu vollenden. Statt dessen sagte er: »Aber es gibt Telefone, das geht ganz schnell, und

Signor Micheli war bei unserem Streit nicht gerade freundlich zu mir. Und er hat gefragt, ob Leute wie ich in Deutschland überhaupt als Journalisten arbeiten dürften.«
Er faßte an seine Brusttasche, ließ aber die Hand wieder sinken.
Julia rückte näher an Bock heran. »Franz, kannst du denn nicht anrufen bei ... Wo arbeiten Sie?«
»Nein, nein«, Lutter wehrte ab.
»Nein, lassen Sie mich. Franz, du könntest dort anrufen, und nach dem Kündigungsgrund fragen, schließlich ist Herr Lutter ein Mitarbeiter deines Hauses.«
»Ich kann mich da nicht einmischen, da stehen arbeitsrechtliche Auseinandersetzungen an, und ich soll eingreifen. Julia, wie stellst du dir das vor?«
Clas Lutter wurde nervös.
»Darum geht es mir nicht, Herr Bock«, sagte er, »es ist nur sehr ungewöhnlich und bei den ›Nachrichten‹ in all den Jahren noch nie vorgekommen, daß ein Redakteur im Urlaub seine Kündigung erhält.«
»Da würde ich Ihnen zustimmen«, Bock nahm Julias Hand, »aber Sie haben Verständnis, daß ich mich nicht direkt darum kümmern kann. Und seien Sie versichert, daß weder ich noch ganz bestimmt auch Signor Micheli irgend etwas damit zu tun haben.«
Clas Lutter zog die beiden Kopien des dritten Entführerbriefes aus der Tasche.
Dann erzählte er Bock, wie er in den Besitz der beiden Stücke gekommen war, er gab unumwunden zu, daß er in Michelis Hotelzimmer eingedrungen war und dort die zweite Kopie mitgenommen hatte. Lutter rechnete damit, daß Bock ihm daraus einen Strick drehen würde. Er nannte ihm auch seine Schlußfolgerungen: »Wenn Signor Micheli eine Kopie dieser Mitteilung der Entführer in Händen hatte, bevor sie bei der Zeitung vorlag, dann kennt er auch die Quelle, aus der diese Schreiben kommen.«
»Sie legen mir hier zwei Kopien vor, und ich soll jetzt diese Geschichte glauben. Kann es nicht auch so sein, daß Sie einfach zum nächsten Fotokopierer gegangen sind und ein Doppel hergestellt haben?«

Lutter spürte, daß Franz Bock seine Sicherheit verlor, denn bei seinen letzten Worten sah er Lutter nicht an, was er die ganze Zeit ihres bisherigen Gespräches getan hatte.
»Franz, vertraust du Micheli ohne Vorbehalt?« Julia fixierte ihren Mann.
»Ich weiß nicht, was dieses Kreuzverhör hier soll. Da kommt ein Journalist, behauptet das Blaue vom Himmel, und dann macht man mir den Prozeß.«
Das war die Tonlage, die Lutter gefiel. Genau so hatte er sich die Reaktion seines obersten Chefs gewünscht, als er den staubigen Weg hinaufging.
»Ich habe einen Zeugen, Herr Bock.« Bisher hatte Lutter verschwiegen, daß er mit Lionello den Besuch in Michelis Hotelzimmer unternommen hatte. Obwohl Lionello ihm am Abend vorher gesagt hatte, er sehe Gespenster.
»Gut, gut. Dann haben Sie einen Zeugen. Und was will der beweisen?« Bock war aufgeregt.
»Ich habe gesagt, daß Micheli schon ein Exemplar dieses Schreibens hatte, bevor die Zeitungen es in Händen hielten, also kennt er die Verfasser. Mehr habe ich nicht gesagt.«
»Franz, das könnte doch sein. Meinst du, Herr Lutter erfindet diese Geschichte, bei der er sich selbst reinreitet, weil er illegal in ein Hotelzimmer eingebrochen ist?«
Jetzt erst fiel Lutter auf, daß Bock ihn deswegen gar nicht angegriffen hatte.
»Aber warum sollte ich ihm trauen und nicht Micheli, Julia?« Bocks Stimme überschlug sich.
»Du solltest es zumindest überprüfen«, Julia wurde härter.
»Herr Lutter, ich denke, das ist nun genug.«
Franz Bock stand auf. Ein Ruck ging durch seinen Körper.
»Vielleicht hilft dir Herr Lutter, einen großen Fehler zu vermeiden, und du schmeißt ihn raus.« Weiter kam sie nicht.
»Julia, das ist meine Sache, ganz und gar meine Sache. Halte dich gefälligst raus.«
»So, dann ist es auch deine Sache, daß wir seit Tagen wissen, daß nicht die Roten Brigaden deinen Bruder entführt haben, sondern ganz gewöhnliche Kriminelle, denen es nur ums Lösegeld geht. Und das ist Michelis Information.«
Clas Lutter sausten die Ohren.

»Julia!«
»Herr Bock, stimmt das, was Ihre Frau gerade ...«
Franz Bock antwortete nicht, aber Julia führte den Faden fort: »Sie fordern fünf Millionen Lösegeld, mein Mann hat ein Foto gesehen, das vor ein paar Tagen gemacht wurde, Josef lebt, es sind wahrscheinlich Sarden, davon geht Micheli aus. Wir versuchen, das Geld zu beschaffen.«
Bock ging an die Terrassentür, stellte sich ganz dicht ans Fenster.
»Er wollte nicht, daß wir der Polizei davon erzählen, damit das Leben von Josef nicht gefährdet wird.« Julias Stimme bat um Verständnis.
Clas Lutter zeigte auf die BKA-Leute, die im Garten vor ihrem Zelt saßen.
»Die wissen also nichts?«
»Ich glaube nicht«, gab Julia leise von sich.
»Dann sind die Entführerbriefe gefälscht?«
»Ja«, sagte Julia, »aber wir wissen nicht, warum die so was tun.«
Bock drehte sich um und sprach davon, daß sie selbst rätseln würden, wieso in der Zeitung diese Bekennerschreiben erscheinen. »Ich bin in einer verzwickten Lage, Herr Lutter, mein Bruder, Sie müssen das verstehen.« Seine Stimme versagte.
Clas Lutter faltete die Hände über dem Magen und drückte sie fest zusammen.
»Dann will ich Ihnen sagen, woher diese Briefe kommen. Wenn Sie es nicht selbst längst wissen. Ich könnte mir gut vorstellen, daß Ihr werter Herr Micheli dafür verantwortlich zeichnet.«
»So, nun haben Sie wieder Ihren Buhmann, was?« Bock wurde laut. »Der soll für alles herhalten. Für Ihre Kündigung, für Ihre wilden Theorien über den Geheimdienst, für diese Briefe, was?«
Julia sah Clas Lutter an.
»Und wie kommt er in den Besitz dieser Kopie, wenn er gar nicht im Hotel war? Wo ist er überhaupt?« Clas Lutter nahm das Papier vom Tisch und hielt es hoch wie ein Kruzifix bei der Exorzierung.

»Er beschafft das Geld in München«, sagte Julia.
Sie erhob sich langsam vom Sofa.
Ging ein paar Schritte, bis sie direkt vor Bock stand.
»Franz, hat Micheli diese Briefe verfaßt?«
»Ich weiß nicht, Julia, warum du mir in ...«
Bock ging einen Schritt zurück.
»Eine klare Antwort: ja oder nein?«
»Es war sein Plan, er hat das gemacht.«
»Aber du ...«
»Ich wußte davon, ja.«
Julia war außer sich.
Sie drehte sich um. Ihr gelbes Kleid schrie.
Die Tür knallte im Rahmen.
Die beiden Männer sahen sich an.
Die Sonne hatte den ganzen Wohnraum in helles Licht getaucht. Das Silber auf der Anrichte glitzerte.
Clas Lutter saß in seinem zu weichen Sessel.
Franz Bock stand am Fenster.
Die plötzliche Ruhe nach dem Streit.
Das Schlagen einer Tür.
»Herr Lutter«, begann Bock, »ich kann mir vorstellen ...«
Franz Bock unterbrach sich, bekam seinen Satz nicht unter Kontrolle.
Lutter wartete ab.
Aber Bock drehte sich wieder zum Fenster. Sah nach draußen, als sei dort die Lösung zu entdecken.
Du siehst Gespenster, hatte Lionello zu ihm gesagt, na gut, dann sehe ich eben Gespenster, dachte Lutter, aber diesmal haben sie wirklich jemanden erschreckt.
Clas Lutter nahm die beiden Kopien, legte sie wieder sorgfältig in ihre Falten und steckte sie zurück in die Brusttasche. Beweissicherung.
Dann sagte er: »Herr Bock, Sie wissen doch, wenn ich diesen Raum verlasse, dann weiß es die Welt, welches Spiel hier gespielt worden ist. Ich nenne das Täuschung der Öffentlichkeit, und zwar auf eine infame Weise. Wie würden Sie es bezeichnen?«
Bock antwortete nicht.
Änderte seine Haltung nicht.

Die Hände auf dem Rücken verschränkt.
Clas Lutter sah, wie angespannt, verkrampft sie waren. Weiße Handknochen.
»Gut, dann werde ich jetzt gehen.«
Er stand auf, mit einem Ruck. Den weichen Sessel endlich verlassend.
»Gehen Sie, ich kann Sie nicht hindern«, mehr war von Franz Bock nicht zu hören.
Einen Augenblick blieb Lutter stehen. Das kann doch nicht sein Ernst sein, dachte er.
Die Tür ging auf.
»Herr Lutter, mal wieder ein bekanntes Gesicht.«
Angelo Micheli in seinem Leinenanzug, die Krawatte etwas aus der Façon geraten.
»Entschuldigen Sie, Herr Bock, es war nicht früher zu schaffen. Ich bin die ganze Nacht durchgefahren.«

20

Tagelang hatte er dem Stein geglaubt, es ließ sich so gut an, geheime Zeichen, die sie miteinander austauschten, manchmal fürchtete er, daß die beiden anderen sie beobachteten, der Lispeler war sehr mißtrauisch, der Hund weniger, aber dann stellte sich alles als bloße Illusion heraus, ein Wunschtraum, Fata Morgana, als der Stein und er das nächste Mal alleingelassen wurden, spürte er die Absicht, die Methode, er sollte zum Vertrauten der Entführer werden, sollte sich Hoffnung machen, sollte einen von ihnen als Freund gewinnen, damit er ruhig blieb, keine Schwierigkeiten machte und vielleicht nach der Freilassung ihnen mehr Vorsprung verschaffte, weil er das Märchen glaubte vom Entführer, der nicht mehr mitmachen wollte.
Josef M. Bock wachte auf.
Nachts.
Völliges Dunkel um ihn herum.
Der Lispeler schnarchte.
Das wußte er seit ein paar Tagen.
Josef M. Bock schob sich vorsichtig an die Zeltöffnung. Langsam.

Ohne ein Geräusch zu machen.
Auch das hatte er gelernt.
Er sah, daß der Hund auf seinem Stuhl eingenickt war, das Feuer vor ihm war runtergebrannt.
Die Silhouette eines Bewachers.
Vom Stein keine Spur.
Manchmal waren sie nur zu zweit. Manchmal verschwand einer von ihnen am Abend. Oder am Morgen.
Die Kette an seinem Fuß war straff gespannt.
Wieder versuchte er mit aller Kraft, an ihr zu reißen, aber der stechende Schmerz in seinem Bein signalisierte, daß er nicht loskam.
Er sah die abgesägte Schrotflinte.
Direkt vor sich.
Wenn er die Hände freibekommen würde.
Die Fesseln zerrten.
Er spürte seine Arme kaum noch.
Die Flinte, fast erreichbar nahe.
Den Lispeler würde er erschießen. Sofort.
Der Hund müßte seine Fußkette lösen.
Er würde ihn vor sich her durch den Wald treiben.
Wenn er nicht weiterging, Schläge mit dem Gewehrkolben.
Solange der Stein nicht kam, würden sie laufen.
Einfach laufen.
Ganz gleich in welche Richtung.
Weglaufen.
Würde er den Stein unterwegs treffen, dann müßte er mitkommen. Hände hoch und mitkommen.
Wenn er sich wehrte, würde er auch den Stein erschießen.
Ohne Zögern.
Die Fesseln, mit denen die Hände auf dem Rücken gebunden waren, gaben nach.
Josef M. Bock spannte seine Muskeln.

Vorsichtig löste Angelo Micheli die goldglänzende Blende oberhalb des Bettes. Der kleine Schraubenzieher, mit dem er die Kreuzschrauben drehte, rutschte ein paarmal ab.
Dieser Lutter ist eine Zeitbombe, er fragte sich nur, wann sie explodiert und ihn wegfegt. Der Streit mit Bock war langan-

haltend und entnervend gewesen. »Es ist Ihr Problem, Herr Micheli, ganz allein Ihr Problem, was Sie mit Lutter machen. Wenn er irgendwas veröffentlichen sollte, dann habe ich nichts davon gewußt. Keine Rückendeckung, wenn Sie darauf aus sein sollten!«

Die linke Hälfte des Metalls war bereits locker, Micheli ging um das Doppelbett herum und bearbeitete die andere Seite.

Er mußte jetzt schnell handeln.

Es gab nur eine Lösung für den Fall Lutter, er mußte ihn aus dem Weg räumen.

Das Schlimmste war, daß Micheli nicht wußte, wieviel Zeit ihm dazu blieb. Morgen konnte schon alles veröffentlicht sein. Micheli rechnete damit, daß am nächsten Tag die Zeitungen voll davon waren. Dann konnte er seine englischen Anzüge in den Schrank hängen. Die einzige Möglichkeit, die ihm blieb, war, sofort das Land zu verlassen. Als er nach dem Streit mit Bock zurück nach Siena fuhr, hatte er keinen anderen Gedanken. Rom, wichtige Akten zusammenpacken, Flughafen, Ausland. Das war ein gerader Faden.

Es klopfte an der Tür.

Micheli fuhr herum.

»Nicht jetzt, bitte«, rief er mit lauter Stimme.

Das Klopfen wiederholte sich.

Bevor jemand eintrat und sah, wie er sich an der Einrichtung zu schaffen machte, wollte er lieber öffnen. Er schloß die Zwischentür zum kleinen Vorraum.

Der Zimmerkellner stand mit einem großen Tablett auf dem Gang. Micheli sah die Speisen und fluchte: »Das habe ich nicht bestellt. Falsches Zimmer.«

Er schlug die Tür zu.

Wenig später konnte er die Blende abnehmen. Er holte die zwei Bücher über die Roten Brigaden, das Zeitungsmaterial und das Foto von Josef M. Bock heraus. Alles hatte er gut versteckt, selbst dieser Lutter und sein Freund hatten seine Unterlagen nicht gefunden; wer konnte schon davon ausgehen, daß die Kopie des Entführerbriefes jemanden interessierte, nachdem die Zeitungen erschienen waren. Aber es war ein Fehler, den er sich nicht verzieh.

Angelo Micheli zog das Schmirgelpapier aus der kleinen Le-

dertasche und setzte sich vor die Schreibmaschine. Er mußte sorgfältig arbeiten, keinerlei Schmirgelspuren durften übrigbleiben, nicht ein Staubkorn, dennoch würde eine kurze Behandlung der Typen mit Schmirgelpapier eine so charakteristische Veränderung geben, daß ihm später niemand nachweisen konnte, auf dieser Schreibmaschine die Entführerbriefe geschrieben zu haben. Er hatte kurz daran gedacht, die Schreibmaschine verschwinden zu lassen, aber sicher würden dieser Lutter und sein Freund sich daran erinnern, oder das Hotelpersonal.
Die Typen waren voller Farbe.
Mit kräftigem Druck schmirgelte Micheli darüber.
Er hielt inne.
Einen Buchstaben verbog er ein wenig, indem er den Typenhebel zur Seite drückte.
Die Farbe auf den Buchstaben war verschwunden.
Micheli tippte los.
Wie ein Besessener.
Er mußte eine Lösung für diesen Lutter finden. Aber vielleicht war morgen auch schon alles gelaufen? Wer würde sich diese Geschichte entgehen lassen? Angelo Micheli begann erneut, über einen längeren Auslandsaufenthalt nachzudenken.
Die Typenhebel saßen fest, blockierten sich gegenseitig.

Franz Pfister war nicht gerade begeistert von dem, was er in seinem Kopfhörer vernahm. Die drei BKA-Beamten standen um ihn herum und warteten auf seine Reaktion.
Das Zelt im Garten der Villa war der falsche Ort, um eine neue Strategie zu entwerfen, sie würden sich ein paar Stunden entfernen müssen.
Pfister dachte an die Vorwürfe, die man ihm in Wiesbaden machen würde, warum er nicht früher in Erfahrung bringen konnte, was er jetzt hörte. Die italienischen Kollegen hatten recht gehabt, als sie fragten, was Bock und Micheli im Dom zu besprechen hatten. Aber das würde er auf keinen Fall zugeben.
Und auch von diesem Tonband würden sie nichts erfahren. Dazu mußte er seine Kollegen verpflichten.

Vielleicht ein geordneter Rückzug, dachte er, einen Grund finden, warum man nun nicht mehr gebraucht würde, und die Sicherung Bocks den Italienern überlassen. Aber wenn sie dann selbst auf diese Geschichte kamen, das wäre noch peinlicher. Er sah schon das Telex aus Rom, mit dem sie ihn und seine Kollegen verspotteten. Nein, sie mußten die Stellung halten, daran war kein Zweifel.
Franz Pfister spulte das Band noch mal zurück, er brauchte Zeit zum Nachdenken.
Er hatte sich in Bock getäuscht. Den Plan bewunderte er, Micheli bewunderte er. Solche Einfälle brauchen wir.
Die drei Gesichter, die ihn anstarrten; er konnte nicht mal richtig überlegen, was zu tun war.

»Mich interessiert dieser deutsche Verleger nicht, das sind sentimentale Anwandlungen, Clas, du hast die Möglichkeit, einen wesentlichen Schlag gegen die Polizei zu landen, eine ganze Affäre aufzudecken, die gegen deine Freunde gerichtet ist, und dann faselst du von: Rücksicht auf das Leben des Entführten. Ich kann dich wirklich nicht verstehen«, Ilaria sprach mit dem ganzen Körper.
Seit Stunden saßen sie im kühlen Wohnzimmer und stritten. Lionello forderte Lutter auf, ausführlich zu begründen, warum er nicht sofort veröffentlichen wollte, was er in der Villa in Erfahrung gebracht hatte.
Clas Lutter sprach von einem Konflikt: Er wisse genau, die Aktionen gegen linke Gruppen würden sofort aufhören, wenn er veröffentlichte, daß die Bekennerbriefe zur Ablenkung der Polizei gefälscht waren, aber damit sei das Leben von Josef Bock in Gefahr, es sei sogar wahrscheinlich, daß die Sarden kurzen Prozeß mit ihm machten.
Erst langsam hatte sich diese Meinung gebildet, während er mit seinen beiden italienischen Freunden sprach.
»Du hast Angst, das ist es«, Ilaria war nicht zu bremsen, »oder du rechnest dir eine Prämie aus, Schweigegeld, oder einen neuen Job, an vorderster Front, erkauft mit deinem Schweigen in diesem Skandal. Ach was, mich interessieren nicht mal deine Motive, Clas, ich will nur, daß du diese Geschichte veröffentlichst. Jeden Tag, den du wartest, laufen hier Polizeiak-

tionen, Straßensperren, hast du doch selbst erlebt, Hausdurchsuchung, wie hast du gezittert, als sie hier alles kurz und klein geschlagen haben. Und das Ganze ist nichts weiter als eine dreckige Affäre, ein paar gefälschte Briefe dieses Herrn Bock und die größte Polizeifahndung seit Jahren. Damit die Herren in Ruhe verhandeln können.«

Lionello saß rauchend in dem mit Kunststoff bezogenen tiefen Sessel. Er hatte eingewandt, daß Lutter kaum Beweise habe, natürlich würden Micheli und Bock alles abstreiten, das sei eine Schwierigkeit; eine andere, und da gebe er Clas recht, könne man ausschließen, daß die Sarden, sobald sie wissen, daß die Polizei hinter ihnen her ist, nicht den Entführten umbringen? Das sei immerhin eine Überlegung wert.

Lutter spürte, wie Lionello zu vermitteln versuchte, auch er war zu Beginn ihres Streites für sofortige Veröffentlichung des Skandals gewesen, ohne Rücksicht auf andere.

»Clas, was willst du tun? Oder soll ich einen Kollegen von der Presse anrufen? Du mußt dich entscheiden. Ich kann nicht begreifen, warum du zögerst. Das ist der Micheli, der dich um deinen Arbeitsplatz bringt, der Ex-Revolutionär, der jetzt sein Feuerchen mit früheren Genossen macht, der Mann, der keine Sekunde einhält und dich über den Haufen schießen läßt, wenn er es für notwendig hält, und den willst du schützen? Ist dir das nicht klar? Du sitzt da, als sei nichts gewesen.«

Ilaria nahm ihre Tasche.

»Ich gehe. Dieses Abwarten regt mich auf.«

Sie nahm die drei Steinstufen in einem Sprung, und ohne sich umzudrehen, verschwand sie durch die Vordertür.

Lionello pfiff durch die Zähne.

»So hab ich sie noch nie erlebt«, sagte er mit leichter Bewunderung in der Stimme.

»Sie macht es sich zu einfach«, Clas Lutter sprach laut, wollte sich Mut einflößen, »es ist doch völlig außer Frage, daß ich das veröffentlichen werde, nur wann, das überlege ich.«

Lionello drückte die Zigarette in dem Aschenbecher aus, den er fast immer mit sich trug.

»Aber du wirst es veröffentlichen, das ist doch wohl sicher?«

»Komm, Lionello, wie lange kennen wir uns? Das ist die Geschichte überhaupt, schon allein deswegen werde ich sie schreiben, aber im Moment sind mir die Hände gebunden. Wenn Bock freigelassen wird, dann kannst du am nächsten Morgen meinen Text lesen. Wenn ich jetzt schreibe, dann besteht eben die Gefahr . . .«
Clas Lutter kratzte sich an der Nase.
»Aber wir können natürlich Micheli die Hölle heiß machen, das bleibt uns auf jeden Fall.«
Lionello schüttelte den Kopf: »Ich glaube nicht, daß jetzt der richtige Zeitpunkt für private Rachefeldzüge ist!«

Franz Bock wußte, daß er Julia nicht zurückhalten durfte.
Als der Leihwagen gebracht wurde, verstaute sie ihre Koffer.
Bock wollte ihr helfen; sie sagte nur, sie könne gut auf solche Höflichkeiten verzichten.
»Kommst du denn noch mal ins Haus?« Bock streckte ihr die Hand entgegen.
»Ja, gleich«, erwiderte sie.
Franz Bock zog sich in den großen Wohnraum zurück.
Wenig später folgte ihm Julia. Sie blieb in der Tür stehen.
»Du mußt mich nicht belehren, Franz, was ich jetzt zu tun und zu lassen habe, falls du mich deshalb noch mal hergebeten hast.«
Ihre Stimme zitterte.
Franz Bock antwortete: »Nein, das ist es nicht. Ich weiß, du kannst Belehrungen nicht ausstehen.«
Er stockte.
Die Männer vom BKA huschten in das große Zelt. Wie Kinder, die Versteck spielten.
»Ich möchte nur sagen, Franz, ich will dein Vertrauen, und wenn du mir nicht vertraust, dann weiß ich nicht, warum wir zusammenleben. Ich fahre jetzt.« Julia wurde bestimmt, ihr Tonfall scharf.
Bock sah sie an, hilflos, bittend.
»Ich wollte dich nicht damit belasten, Julia, das ist der Grund gewesen, du weißt genau . . .«
»Nein, das nehme ich dir nicht ab, du hast mich behandelt wie

ein kleines Mädchen, dem man nichts vom schwarzen Mann erzählen darf, damit es sich nicht erschreckt. Du hast mich für dumm verkauft.«
Franz Bock fragte: »Wirst du in München sein ... wenn das alles hier vorbei ist?«
Julia May antwortete nicht, sondern drehte sich um und ging zur Eingangstür.
Bock kam hinter ihr her: »Bitte, Julia, erzähl niemand von dieser ... Geschichte hier ...«
Mit einer schnellen Drehung wandte Julia sich um: »Ich hab dir gesagt, ich will keine Belehrungen mehr.«
Sie öffnete die Tür.
Franz Bock sah, wie sie in den Leihwagen stieg.

21

Clas Lutter traute seinen Augen nicht.
Angelo Micheli stand in der Küchentür, er mußte das Haus so leise betreten haben, daß er ihn erst jetzt bemerkte.
Lutter wollte seinen Freund rufen, aber dann fiel ihm ein, daß Lionello nach Siena zur Universität gefahren war. Schade, jetzt würden sie ihn stellen.
Angelo Micheli trug ein offenes Hemd, die Ärmel hochgekrempelt, er hatte sich an diesem Morgen nicht rasiert.
»Herr Lutter, wir sollten miteinander reden. Entschuldigen Sie, daß ich hier eindringe, aber ich denke, der direkte Weg führt am schnellsten zum Ziel.«
»Ich wüßte nicht, was wir miteinander zu besprechen haben.«
Clas Lutter erhob sich. Er war nur mit einer Unterhose bekleidet und ließ Micheli vor der Küche stehen.
In diesem Moment bereute er, daß er nicht gleich nach der Entdeckung des Skandals gehandelt hatte. Er zog die Jeans über, ein T-Shirt, fuhr sich durch die lockigen Haare. Aber ich habe Zeit, dachte Lutter, im Gegensatz zu Micheli.
Micheli hatte sich nicht vom Fleck gerührt, er stand immer noch im Flur.
»Wollen Sie einen Espresso?« fragte Lutter.
Er sah die ausgebeulte Hosentasche.

Und zuckte zusammen.
»Gerne.«
»Wie bitte?«
»Gerne, ich hätte gerne einen Espresso«, Angelo Micheli ließ ihm den Vortritt.
Clas Lutter öffnete die Küchenfenster. Er blickte auf die stille Piazza.
Dann sah er, wie Micheli sich an den Tisch setzte.
Er lächelte. Versteinert.
»Ich denke, Sie wollen mit mir reden. Warum fangen Sie nicht an?« Clas Lutter übernahm die Offensive. Er war froh, daß er mit der Zubereitung des Espresso beschäftigt war. Gelegentlich sah er Micheli an, aber der schwieg beharrlich. Als wollte er warten, bis der Kaffee fertig war.
»Sie werden sich gewundert haben, heute morgen«, Lutter schraubte das Kännchen auseinander. Es war schon etwas abgekühlt.
»Das kann man sagen«, erwiderte Angelo Micheli, dessen goldenes Halskettchen ein Kruzifix mit einem Diamanten in der Mitte trug.
»Sie mußten damit rechnen, daß heute bereits die Titelseiten von Ihren Machenschaften berichten!«
»Ich habe damit gerechnet.«
Angelo Micheli lächelte wieder.
»Sind Sie gekommen, um mich zu fragen, warum ich meine Informationen nicht verwendet habe?«
»Genau, deswegen bin ich gekommen.«
Clas Lutter klopfte das feuchte Kaffeepulver aus dem Filter und füllte drei Löffel ein. Er wiederholt, was ich sage, dachte er, wie ein Affe. Überhaupt, er sieht affig aus.
Die Flamme des Gasherdes schoß bläulich hoch.
Clas Lutter stellte sie kleiner.
Das silbrige Espressokännchen paßte genau auf den Aufsatz.
»So, Herr Micheli, jetzt ist genügend Katz-und-Maus gespielt, mir fehlt die Zeit für solche Unterhaltungen, und Rätselspiele habe ich schon lange beiseite gelegt.«
»Wir brauchen Sie, Herr Lutter.«
»Das kann ich mir gut vorstellen.«

Das Telefon klingelte.
Lutter sprang auf. Verließ die Küche. Ich werde ihn rauswerfen, dachte er, als er den Hörer abnahm und sich meldete.
Es war Ilaria.
»Clas, ich lese nichts in der Zeitung. Hast du wirklich geschwiegen?«
Clas Lutter antwortete, daß er im Moment nicht in der Lage sei, mit ihr darüber zu streiten, aber sie möchte sich in den Wagen setzen und nach Poggiolo kommen. Sofort.
»Sie sprechen ausgezeichnet italienisch«, Angelo Micheli stand am Herd.
Der Espresso war fertig.
Clas Lutter ging auf dieses Kompliment nicht ein. Er nahm zwei Tassen aus dem Schrank und stellte sie auf die Marmorplatte.
Micheli schenkte ein.
Hoffentlich hat er gehört, daß jemand zu Besuch kommt, dachte Lutter, laut genug hab ich es gesagt.
»Sie sagten, wir brauchen Sie. Wer ist ›wir‹?«
Clas Lutter brachte das Gespräch wieder in Gang.
Angelo Micheli lächelte.
»Ihr Chef, Herr Bock, und ich natürlich auch.«
Micheli setzte die Tasse an, trank einen Schluck.
Das Gespräch verstummte.
Clas Lutter hatte keine Lust weiterzureden. Wenn er etwas will, dann soll er kommen, dachte er. Die Fensterscheiben müssen mal wieder geputzt werden. Lionello legte nicht allzu großen Wert darauf.
»Ich, das heißt wir, möchten, daß Sie das Geld transportieren, Herr Lutter.«
Angelo Micheli hatte aufgehört zu lächeln.
»Was soll ich?«
»Wir brauchen jemand, der unauffällig das Geld zu den Entführern bringt, damit Josef Bock freikommt. Ich kann es nicht machen, ich stehe zu sehr unter Bewachung, Herr Bock ebenfalls, und Sie bleiben übrig. Sind Sie dazu bereit?«
Clas Lutter stutzte.
»Wieso ich? Gibt es nicht genügend Mitarbeiter, oder wie soll ich sagen, Abhängige . . .«

»Die wissen von nichts, aber Sie sind informiert«, unterbrach ihn Micheli. Seine Stimme klang trocken.
»Aber ich habe doch keine Erfahrung.«
Angelo Micheli nahm einen dicken Hefter aus dem kleinen Koffer. »Hier, ich habe Ihnen alles kopiert. Da stehen genügend Informationen, wie in früheren Fällen das Lösegeld übergeben wurde. Die Lage ist kompliziert, und wir brauchen einen mutigen Helfer, der die Nerven behält. Ich denke, Sie behalten die Nerven.«
Clas Lutter sah die Kopien.
Ein großes Foto zeigte zwei maskierte Männer, die Augen in Sehschlitzen.
»Wieso ist die Lage kompliziert?«
»Wir arbeiten illegal. Es ist selbstverständlich verboten, Lösegeld zu zahlen. Es ist verboten, D-Mark in solchen Mengen ins Land zu bringen, Devisengesetze. Wenn die Bullen uns schnappen, gibt es Ärger.«
Warum sagt er Bullen, dachte Lutter, der seinen Espresso austrank.
»Ich weiß, Sie halten mich für ein Schwein, Herr Lutter. Ich habe die Bekennerschreiben verschickt, weil wir Spielraum brauchen für unsere Aktionen. Man nennt das in der Wirtschaft *spheres of interest*, Sie sagen, glaube ich, Handlungsspielraum, aber es ist mehr damit gemeint.«
»Das sind zwei verschiedene Dinge«, Clas Lutter sah Micheli an, »die möchte ich nicht vermischen. Ihr Handlungsspielraum, wie Sie das beschönigen, darüber wird noch zu reden sein, dazu hab ich jetzt keine Lust, das hat mir gestern schon gereicht. Aber die Lösegeldübergabe, das ist ...«
»Gut, reden wir darüber.« Angelo Micheli lächelte wieder.
»Was werde ich dafür bekommen?« Clas Lutter ärgerte sich über diese Frage, kaum daß er sie ausgesprochen hatte.
»Ganz klare Antwort, Herr Lutter. Der Bock-Konzern garantiert Ihnen die Exclusiv-Rechte an der Geschichte. Und ich betone, an der ganzen Geschichte, wie immer Sie sie auch schreiben werden. Das bleibt völlig Ihnen überlassen. Über Geld habe ich noch nicht mit Herrn Bock gesprochen, aber Sie können sich selbst ...«
»Geld interessiert mich nicht«, sagte Lutter.

»Das würde ich nicht so wegschieben, aber es ist Ihre Sache, wie Sie dazu stehen.«
Angelo Micheli öffnete ein zweites Mal seinen Koffer.
»Ich habe hier einen Vertrag vorbereitet. Sie werden verstehen, daß ich für die tatsächliche Aktion der Lösegeldübergabe ein anderes Wort einsetzen mußte, ich habe geschrieben, ›besondere Informationsbeschaffung‹, aber ansonsten ... bitte sehr.«
Micheli reichte ihm das rosa Papier.
Es war ein gewöhnliches Hotelschreibpapier, auf das Micheli den Vertrag getippt hatte.
Clas Lutter las.
Die Summe, die im Vertrag stand, belief sich auf dreihunderttausend Mark. Also haben sie doch bereits darüber gesprochen, dachte er.
»Wann wird es sein?«
»Das kann man nicht sagen. Wir haben bisher signalisiert, daß wir bereit sind zu zahlen. Wir haben Bescheid bekommen, daß unser Signal verstanden wurde, zugleich kam heute morgen ein weiterer Beweis, daß Josef M. Bock lebt. Also, es kann alles sehr schnell gehen, aber vielleicht müssen wir auch noch Wochen warten. Die Sarden lassen sich meistens Zeit. Herr Bock hat übrigens in Tübingen angerufen, daß Sie erst später wieder dort eintreffen werden. Ihr Chef war sehr freundlich, also deswegen brauchen Sie sich keine Sorgen ...«
Clas Lutter sah auf die Summe: dreihunderttausend für eine Geschichte. Aber für welche?
»Sie können sich das überlegen, Herr Lutter. Sie müssen auch nicht sofort unterschreiben, da lassen wir Ihnen Zeit. Schließlich sind wir auf Sie angewiesen. Wir haben niemand, der ohne Aufsehen, und nur darum geht es uns, das Geld übergeben könnte.«
»Wo kommt es her?« fragte Lutter.
»Ich habe schon alles veranlaßt. Kann in weniger als sechs Stunden am Ort sein.«
Sie lassen mir Zeit, dachte Lutter, das hätte ich nicht erwartet.
»Und eine Bitte habe ich, Herr Lutter, Sie dürfen natürlich nicht mehr in die Villa in Riciano kommen. Die Kontakte lau-

fen von jetzt an über mich. Sie wissen ja, wo ich wohne. Ein Anruf mit dem Kennwort: Leocorno, nein, sagen wir's auf deutsch: Einhorn, das genügt. Ich werde mich dann mit Ihnen in Verbindung setzen. Über Telefon wird nichts verhandelt. Aber ich glaube, daß Sie sich das selbst denken können.«
Angelo Micheli erhob sich langsam.
Die pralle rechte Hosentasche.
Clas Lutter konnte seine Augen nicht davon nehmen.
»Wenn Sie mit dem Vertrag einverstanden sind, dann rufen Sie mich im ›Garibaldi‹ an und sagen: Einhorn läuft. Dann weiß ich Bescheid.«

»Ich weiß, wo die Entführer Ihren Bruder versteckt halten, ich habe es ausgependelt, Herr Bock.«
Der Mann, der Franz Bock gegenübersaß, war ein Schweizer, der seit einigen Tagen versucht hatte, einen Termin mit ihm zu bekommen. Der blaßblaue Anzug und die kränkliche Gesichtsfarbe ließen ihn nicht gerade vertrauenswürdig erscheinen. Er stammte aus der italienischen Schweiz bei Lugano.
»Wir können das Experiment wiederholen, wenn Sie möchten.«
Franz Bock war voller Skepsis.
»Da ist er.«
Der Schweizer deutete auf das Meßtischblatt.
»Hier ist Lucca, da ist der Monte Barbona, dort wird Ihr Bruder versteckt gehalten. Dafür kann ich garantieren.«
Der Schweizer hatte Bock einen langen Vortrag darüber gehalten, daß er von Kindheit an Visionen empfing, ganze Nächte hindurch telepathisch mit seinen früh verstorbenen Eltern verbunden war und schon einige Erfolge als Hellseher verzeichnen konnte. Wie ein Vertreter seine Mustermappe, brachte der Schweizer eine Ausschnittssammlung über sich und sein Tun mit. Franz Bock hatte nur einen flüchtigen Blick hinein geworfen.
»Wissen Sie auch, wer meinen Bruder entführt hat?« fragte Bock, der sich über das Meßtischblatt beugte.
»Darüber kann ich keine Auskunft geben. Aber eins weiß ich, dort am Monte Barbona sind große Waldstücke, gut geeignet, um über Wochen unbeobachtet zu bleiben.«

Franz Bock beruhigte die Antwort.
»Was für ein Experiment wollen Sie machen?« fragte er und sah den blassen Schweizer an. Sein strähniges Haar klebte am Kopf.
»Sie werden mit einem Pendel verbunden.«
Er holte ein kleines Lot aus seinem Anzug, das an einem dünnen Faden hing.
»Damit werden Sie Ihren Bruder erpendeln können, wenn Sie sich auf ihn konzentrieren.«
Franz Bock war zu müde, um sich gegen diesen Mann zu wehren. Seine Augen waren schwarze Punkte.
»Also gut, dann fangen wir an.«
Der Schweizer nahm den Mittelfinger der rechten Hand und band Bock das Lot darum.
»Bitte schließen Sie jetzt die Augen. Werden Sie ganz ruhig. Konzentrieren Sie sich auf Ihren Bruder Josef.«
Der Schweizer wiederholte ein paarmal diese Sätze.
Franz Bock spürte die Entspannung.
»Jetzt können Sie die Augen wieder öffnen.«
Der Schweizer führte seine rechte Hand im Abstand von zwanzig Zentimetern über dem Meßtischblatt.
Das Pendel war ganz ruhig. Kein Ausschlag.
Franz Bock sagte: »Warum führen Sie meine Hand?«
»Konzentrieren Sie sich auf Ihren Bruder«, war die Antwort, dann ließ der Schweizer sein Handgelenk los.
Er spürte, wie sich das Lot bewegte.
Erst zur einen Seite, dann zur anderen.
Es schlug aus.
Franz Bock starrte auf die Karte.
Der Monte Barbona.

Zwei Stunden später telefonierte er mit Julia in München.
»Ich glaube, es war nicht richtig von mir, daß ich dich allein gelassen habe.«
Bock saß neben dem hölzernen Telefontischchen, den Arm aufgestützt.
Er berichtete von dem Experiment mit dem Hellseher, das ihn verstört hatte. Über die BKA-Leute hatte er den Capitano davon informiert.

»Franz, ich möchte dich nicht verlassen, aber ich kann so eine Demütigung nicht einfach einstecken...«

»Es war ein Fehler, Julia.«

»Ich war dir vielleicht eine zu große Belastung in all den Tagen, das meinst du doch, wenn du sagst, du wolltest mich nicht damit belasten. Aber das darf nicht bedeuten, daß du mir das Vertrauen verwehrst.«

Er hörte, wie ihre Stimme brach.

Sie weinte.

»Julia, bitte, ich...«

Franz Bock verschluckte den Satz.

Die Terrassentür wurde aufgeschoben.

Pfister hielt einen Zettel in der Hand, er legte den Finger auf den Mund und schlich ins Zimmer.

»Bist du noch da, Franz?«

»Ja, warte, hier kommt eine Mitteilung.«

Pfister flüsterte, das sei eine Nachricht vom Capitano, aber sie sei nicht dringend.

Franz Bock las: »Der Capitano weist darauf hin, daß der Schweizer Hellseher ein Betrüger ist. Der Trick mit dem magnetischen Pendel, das ausschlägt, wenn es über einen anderen Magneten geführt wird, der sich auf der Unterseite einer Karte befindet, sei der Behörde bekannt.«

22

Den ganzen Tag beschäftigte sich Clas Lutter mit dem Material, das Micheli ihm überreicht hatte. Es lenkte ihn ab, schob die Entscheidung auf.

Die Lösegeldübergabe war der wunde Punkt, weil die Banditen dabei gesehen wurden. Einmal mußten zwei Priester nächtelang mit einem weißen Fiat durch die Toskana fahren, ein weißes Fahrrad auf dem Dach, den Anweisungen der Entführer folgen, bis sie von fünfzehn Maskierten gestellt wurden; ein anderes Mal war es eine große Korbflasche, die auf dem Dachgepäckträger transportiert werden mußte.

*Anonima sequestri**, so nannte die Polizei den neuen Zweig

* Auf deutsch etwa: Namenlose Entführer AG

des kriminellen Gewerbes, das auf vier Vorläufer zurückging: die historischen Geheimbünde in Sardinien und Sizilien, die norditalienische Kidnapper-Mafia mit Geschäftsverbindungen zum Rauschgift-Milieu, sardische Hirten, die aufs »Festland« in die Toskana ausgewandert waren, und kriminelle Amateure.

»In Kalabrien und Sardinien begann die große Zeit der Briganten im letzten Jahrzehnt des 19. Jahrhunderts, als auch hier die moderne Wirtschaft mit großer Agrardepression und Auswanderung in ihrem Gefolge vorstieß. Der Bandit ist den Kräften der neuen Gesellschaft gegenüber hilflos, denn er kann sie nicht verstehen. Er kann nur kämpfen und versuchen, sie zu zerstören.« Die Zeitung ›Lotta continua‹ zitierte den englischen Ökonomiehistoriker Eric Hobsbawm.

Clas Lutter ging davon aus, daß er keinen Robin Hood treffen würde, wenn er zu den Entführern fuhr. Hier ging es um einen kriminellen Konzern, um organisiertes Verbrechertum.

Die Sarden, von denen zu Beginn der 70er Jahre fast hunderttausend nach Italien übersiedelten, weil sie von Luxustourismus und Grundstücksspekulation aus ihrer Heimat vertrieben wurden, waren eher Einzelgänger. Sie kamen aus einer rückständigen Hirtenkultur, unfähig, sich auf dem italienischen Festland anzupassen, kapselten sie sich ab. Der Bürgermeister von Tavarnelle sagte: »Da können welche sterben, ohne daß wir sie jemals gesehen haben.« Die *Anonima sequestri* organisierte einige von ihnen in Banden, aus arbeitslosen Landarbeitern wurden Basisti, diejenigen, die die Dreckarbeit machten. »Viehdiebstahl zahlt sich nicht aus«, sagte ein Sarde gegenüber der florentinischen Polizei, »man muß sein ganzes Leben lang Vieh stehlen, um damit soviel zu verdienen wie mit einem einzigen Menschenraub.«

Die *Bardana*, der organisierte Menschenraub, hatte schon in Sardinien Tradition. Mehrere Drahtzieher im Hintergrund konnten sich auf Kellner, Bootsverleiher und Parkwächter als Informanten stützen, die ihnen Nachrichten über die Gewohnheiten der reichen Inselbewohner gaben.

Manlio Brigagia, ein Professor für Zeitgeschichte in Sassari, schrieb in der Zeitung ›Corriere della Sera‹: »Die sardischen Bauern haben die Maßstäbe verloren, sie verkraften den Einbruch der Konsumgesellschaft nicht. Es ist ein kleiner Schritt vom Mundraub zum Menschenraub.«

Clas Lutter begann, sich Notizen für seinen Artikel zu machen, erwischte sich dabei, daß er damit eine Entscheidung für Michelis Vertrag getroffen hatte, und legte den Bleistift weg. Sie wollen mich kaufen, dachte er.

»*Zertu s'est modernanne* – klar, man modernisiert sich«, sagten die sardischen Bauern auf die Frage eines Soziologen.

Ein Beispiel für den Hochmut der reichen Fremden, aus deren Reihen im Laufe von zehn Jahren mehr als hundert Personen entführt wurden, war der mit Rasensprengern stets tiefgrün gehaltene Golfplatz bei Porto Cervo an der Costa Smeralda, inmitten einer ausgetrockneten, an ewigem Wassermangel leidenden Landschaft.

Lionello kam kurz nach sechs aus der Stadt, hatte eingekauft für ein Abendessen mit Freunden.

Wortlos überreichte ihm Clas Lutter den Vertrag, den Micheli auf dem rosa Hotelpapier getippt hatte.

»Kein schlechtes Geld«, sagte Lionello, »da hab ich schon für weniger meinen Mund gehalten. Was ist ›besondere Informationsbeschaffung‹? Nennt man das so bei euch, wenn man einen Maulkorb umgebunden bekommt?«

Clas Lutter berichtete Lionello vom Besuch Michelis und daß Ilaria angerufen hatte, aber dann doch nicht gekommen war, und zum Schluß sagte er: »Ich werde der Bote sein.«

»Hermes, tolle Rolle, oder Amor?«

»Nein, der Lösegeldbote.«

»Ich weiß. Traust du dich?«

Clas Lutter zuckte mit den Schultern.

»Allerdings hat Micheli einen ungeheuren Fehler gemacht. Sieh mal.«

Lutter nahm den Vertrag und die Kopie des letzten Entführerbriefes: »Dieselbe Schreibmaschine.«

Lionello hielt die Schriften nebeneinander.

»Einen Fehler macht jeder.« Clas Lutter freute sich.

»Wir werden das feiern. Kein Essen heute abend. Ich rufe Massimo an.«

Clas Lutter war irritiert: »Welchen Massimo? Lionello bitte, wir können nicht vorschnell . . .«

»Massimo ist am kriminologischen Institut, er soll die Schriften prüfen, dann haben wir den handfesten Beweis in der Tasche, und Herr Micheli kann noch soviel drohen.«

»Es dauert eine Weile, bis das Gerät arbeitet.« Massimo war sofort bereit, die Räume des Instituts aufzuschließen.
Lionello erzählte ihm, daß sie dringend eine Expertise brauchten, weil eine Doktorarbeit möglicherweise gefälscht worden sei. Clas Lutter hatte ihn inständig darum gebeten, nicht den wahren Grund der Untersuchung preiszugeben. Massimo nahm die beiden Blätter, sah sie nicht mal an; nur das rosa Papier machte ihn etwas stutzig, seit wann denn Doktorarbeiten auf solchem Papier geschrieben würden? Aber Lionello ließ dem Kollegen keine Zeit zum Nachdenken, sondern sprach mit ihm über die Finanzierung eines Projektes über neue Formen der Wirtschaftskriminalität. »Da sind die Grenzen zwischen unseren beiden Fachbereichen wirklich fließend«, bemerkte er.
Massimo legte die Blätter unter die beiden Mikroskope, ließ die Verdunklung herunter und projizierte die Bilder nebeneinander auf die große, von der Decke herabhängende Leinwand.
Nach einer Weile sagte er: »Ich muß dich enttäuschen, Lionello, das ist zwar die gleiche Schrifttype, aber eine andere Schreibmaschine. Sieh mal hier, wie das kleine e steht, das ist völlig verschieden. Hier beim g, da fehlt ein Teil des Unterschwungs, obwohl das große A die gleiche Charakteristik hat. Aber das kann Zufall sein.«
Clas Lutter ging an die Leinwand. Die Buchstaben vor seinen Augen waren überdimensional.
Das kleine e stand einmal gerade, einmal schief.
Massimo begann zu lesen.
»Lionello, worüber hat dein Student denn promoviert?«
Der Wirtschaftsprofessor war so perplex, daß er die Frage überhörte.
»Macht ihr der Polizei Konkurrenz? Komm, mir kannst du es sagen, ich hab mit denen nichts im Sinn.«
Lionello fragte nach dem Ergebnis, als habe er es nicht verstanden.

»Kein Zweifel«, sagte der Kriminologe, »das sind zwei verschiedene Schreibmaschinen.«

Sie waren nach Poggiolo zurückgekehrt wie zwei Kinder, denen man erklärt hatte, daß man sich an der Herdplatte die Finger verbrennen kann.
Sie hatten beide keine Lust, ein Essen zu machen, die Freunde wurden ausgeladen. So brachen sie Stücke aus dem Pecorino und tranken Rotwein.
Schon während der Rückfahrt hatte sich Clas Lutter entschlossen, die Rolle des Geldboten zu übernehmen, aber er bat Lionello, ihm noch einmal alle Gründe, die dagegensprachen, aufzuzählen.
»Wenn dieser Micheli mir den Vertrag angeboten hätte, dann würde ich auf jeden Fall mitmachen, aber es kann natürlich auch den Kopf kosten. Du wirst hier jetzt die ganze Zeit festgehalten und mußt warten, was geschieht. Das würde mich sehr stören. Wenn du annimmst, dann heißt das auch, daß du keinen Kontakt zu Bock mehr aufnehmen kannst, wenn du mit diesem Micheli nicht klarkommst. Clas, ich brauche dir nicht zu sagen, was er damit bezweckt.«
Clas Lutter schüttelte den Kopf.
Der sardische Käse brannte in seinem Mund, er löschte mit Rotwein.
»Du kannst dir die Chance nicht entgehen lassen, du bist Journalist, mitten dabei; sie werden dir deine Reportage aus den Händen reißen, das drucken hier in Italien nur die großen Blätter, und sie werden darum pokern, deine Geschichte zu kriegen. Ich weiß nicht, warum du so lange zögerst? Es ist ein Stillhalteabkommen, mehr nicht, oder glaubst du, Bock und Micheli werden dich später daran hindern, die tatsächlichen Hintergründe auszupacken?«
Clas Lutter war sich nicht sicher.
Sie hörten, wie ein Wagen in den kleinen Innenhof von Poggiolo fuhr.
»Es wird jeder verstehen, warum du geschwiegen hast – du wirst daran beteiligt sein, einen Entführten zu befreien, um dann trotzdem mit der Wahrheit herauszurücken. Da kann dir niemand einen Vorwurf machen.«

Clas Lutter erinnerte Lionello daran, daß er ihn gebeten hatte, Gründe gegen die Annahme des Vertrages mit Micheli aufzuzählen.
Die Tür des Hauses wurde geöffnet.
»Lionello, bist du oben?« Es war Ilarias Stimme.
Sie kam die Treppe hoch, außer Atem.
»Hallo, Clas«, sagte sie, ohne ihn anzusehen.
»Kannst du das mal lesen, ich hab was darüber geschrieben«, sie nahm drei Seiten aus der Umhängetasche und gab sie Lionello.
»Das ist unser Fachmann«, sagte Lionello und reichte sie weiter an Lutter.
»Nein, du sollst es lesen«, Ilaria nahm Lutter die Blätter aus der Hand und hielt sie Lionello hin, »du kannst es nachher auch lesen, Clas.«
Sie nahm seinen Rotwein und trank.
»Was ist das?« fragte Lionello.
»Das ist der Artikel, den Clas nicht schreiben will.«
Clas Lutter holte einen Stuhl vom anderen Ende des Tisches und stellte ihn hinter Ilaria: »Ich schreibe den Artikel, Ilaria, da brauchst du keine Sorge zu haben, nur will ich wissen, wann der beste Zeitpunkt ist.«
»Jetzt, und zwar sofort«, gab sie zurück, ohne sich zu setzen. Sie stand und sah über die beiden Männer hinweg.
Lionello hatte Einwände, sie könne seinen Namen nicht zitieren und schon gar nicht, daß er heimlich mit Lutter im Hotel ›Garibaldi‹ in das Zimmer von Micheli eingedrungen sei.
Er sah Lutter an, als wolle er ihn auffordern, Ilaria etwas von dem Vertrag mit Micheli zu erzählen und von der Aufgabe, das Lösegeld zu überbringen.
Lutter verzog die Augenbrauen.
Lionello verstand.
»Ilaria, hier steht nichts drin, wozu Bock und Micheli nicht das Gegenteil behaupten können. Mit dem Artikel machst du dich lächerlich. Und mein Name kommt da raus, ist das klar?«
Ilaria beugte sich über das Manuskript.
»Sie werden dich nach Beweisen fragen«, setzte Lionello erneut an, »das sind alles bloße Vermutungen!«

Clas Lutter griff vorsichtig nach den Seiten und las den Artikel. Er war schön geschrieben, das sagte er Ilaria. Aber sie wollte kein stilistisches Lob.
»Lionello hat recht, damit wirst du nicht landen. Sie werden uns beide vorladen, weil wir in ein Hotelzimmer eingebrochen sind. Aus. Das kannst du nicht wollen.«
»Wenn ihr bezeugt, was ihr gefunden habt...«, Ilaria nahm Lutter die Seiten aus der Hand.
Den ganzen Tag hatte sie an dem Artikel formuliert, nachdem Clas sie am Morgen abblitzen ließ. Sie schrieb immer wieder um, wollte ihre Wut in die Zeilen legen, spürte, wie ihre Emotion während des Schreibens nachließ, machte einen neuen Anlauf, merkte, wie die Gefühle, die sie für Clas und Lionello hegte, ihr im Weg standen, setzte wieder an, bis sie den Artikel in einem Rutsch herausgeschrieben hatte. Voller Kraft. Jetzt saßen die beiden Männer am Tisch und redeten.
»Ihr seid feige, das ist es«, Ilaria brach ein Stück von dem Pecorino ab.

23

Schon Stunden vor dem großen Besuch war die Auffahrt zur Villa in Riciano von Carabinieri und Herren in Zivil flankiert. Als sei ein Bus mit Polizeitouristen angekommen, die von Geheimpolizisten begleitet wurden.
Franz Pfister war den ganzen Morgen aufgeregt, hatte Bock immer wieder um ein vorbereitendes Gespräch gebeten, Franz Bock ließ ihm durch Micheli mitteilen, daß er seine Kräfte schonen müsse.
Um halb elf hatte der Besuch eintreffen sollen, es war schon halb zwölf.
»Wir müssen uns gedulden«, sagte Angelo Micheli.
Franz Bock sah ihn an: »Wenn die etwas über Ihre privaten«, er legte besondere Betonung auf dieses Wort, »Aktivitäten erfahren haben, dann wird uns das heute morgen mitgeteilt werden. Darauf können Sie sich verlassen!«
Franz Bock hatte trotz der Hitze einen Anzug angezogen, die Krawatte wollte er erst hochziehen, wenn der Besuch eintraf. Angelo Micheli hatte in Siena ein Herrenmodengeschäft ge-

funden, das einen englischen Tweed führte. Der Anzug saß etwas zu eng.

»Sie kommen«, rief Pfister durch die offene Terrassentür.

Bock richtete die Krawatte.

Es dauerte weitere zehn Minuten, dann stand der Innenminister in Begleitung seines persönlichen Referenten vor dem Haus. »Schön haben Sie's hier«, sein bayrischer Akzent war ganz leicht, wie ein rieselnder Gebirgsbach. Er trug Lederhosen und ein offenes, großgemustertes Hemd.

Bock fühlte sich overdressed.

Der Innenminister war von gleicher Statur wie Bock, zwei Kämpfer, die sich messen konnten.

»Gehn Sie doch voraus, mein Lieber«, sagte er, ohne Micheli zu beachten.

Der persönliche Referent verwickelte Micheli in ein Gespräch.

Der Innenminister ließ sich das Haus zeigen. »Schön haben Sie's hier«, sagte er immer wieder. Auch als er einen Blick auf das Gästeklo warf. »Sie entschuldigen«, dann verschwand er in dem kleinen Raum. Franz Bock nutzte die Gelegenheit, den Schlips auszuziehen und die Jacke abzulegen.

»Aha, haben's sich gemütlich gemacht, sehr schön«, dem Innenminister war die Veränderung nicht entgangen.

»Ich möchte Ihnen als erstes mal ausführlich danken, mein Lieber, das hat jetzt gar nichts mit meinem Besuch hier zu tun, aber dennoch muß ich das mal loswerden. Ich habe mich klug machen lassen, daß es Ihnen ganz persönlich zu danken ist, daß die Blätter Ihres Hauses nun für uns segeln, wenn Sie mir dieses Bild gestatten. In vorbildlicher Weise wird unsere Arbeit in Bonn durch Ihre Medien unterstützt, und ich sage das besonders gerne, wir haben Sie ganz oben auf der Liste für die nächste Verleihung des Bundesverdienstkreuzes Erster Klasse.« Franz Bock bedankte sich wie ein Konfirmand, der gerade die Kerze erhalten hat.

»Sehn Sie, es ist nicht immer einfach. Was wir uns an unqualifiziertem Gebell und Gezeter von Pinschern und Kläffern aus den Reihen gerade der Journalisten anhören müssen. Da ist es wirklich eine Wohltat, die Produkte Ihres Hauses zu studieren. Eine Wohltat. – Schön haben Sie's hier.«

Der Innenminister trat auf die Terrasse, hielt die Hand über die Augen. Die Männer vom BKA standen vor ihrem Zelt und machten eine Verbeugung. Nicht ganz synchron.
»Da ist er weggeholt worden?« fragte der Innenminister und zeigte auf den Swimmingpool.
Franz Bock nickte.
»Die werden dafür bezahlen. Noch halten sie sich versteckt, aber sie werden uns nicht entkommen.«
Bock dachte einen Augenblick, der Innenminister wollte die Lederhose ausziehen und sich in den Pool stürzen. Mit schnellen Schritten ging er hinter ihm her.
»Sie trainieren, was?«
Bock sagte, daß er seit der Entführung den Pool nicht mehr benutzt habe.
»Schad drum.«
»Da oben müssen die sich versteckt gehalten haben«, der Innenminister zeigte auf die Macchia, »aber wir werden sie schnappen, daran besteht kein Zweifel.«
Als habe er den Lokaltermin hinter sich, trat der Innenminister den Rückweg an. »Kommen Sie, mein Lieber.«
Franz Bock beeilte sich, dem Minister zu folgen. Sie betraten den etwas kühleren Wohnraum.
Der Innenminister bat, die Terrassentür zu schließen.
»Herr Bock«, zum ersten Mal nannte er ihn beim Namen, »Sie werden wissen, daß wir keine Chance haben, Ihren Bruder auszutauschen. Ich habe selbst in Rom verhandeln lassen, wir sind nicht auf ganz taube Ohren gestoßen, es kann weitreichende Konzessionen an die Terroristen geben, aber keinen Austausch. Das ist die Lage.«
Franz Bock stand da, ohne etwas zu sagen.
»Wir haben einen Krisenstab, der sich der Sache seit Anbeginn angenommen hat, wir haben eine Standleitung nach Rom, haben einen Psychologen, der die Polizei berät, gerade auch über die psychischen Auswirkungen einer solch prekären Situation auf ihren Bruder, wir tun unser möglichstes. Aber ein Austausch würde den Terroristen Oberwasser geben.«
Franz Bock nickte wieder.
»Das ist keine gute Botschaft, die ich da bringe. Aber ich muß

sagen, ich würde in ähnlicher Situation in Bonn genauso handeln. Wo kommen wir hin ...«
Der Minister hatte ein Porzellanpferd entdeckt, gerade im Sprung aufgerichtet, das zwischen dem Silber auf der Anrichte stand. »Schön«, sagte er voller Bewunderung.
Er nahm eine Halbbrille aus der Lederhose und ging ganz nah an das Meißner Pferd heran.
»Gibt es etwas, das ich für Sie tun kann, mein Lieber? Bitte sagen Sie es mir. Sie sind natürlich unser aller Anteilnahme versichert, das versteht sich von selbst, auch meine Frau läßt Sie ganz herzlich grüßen.«
Franz Bock fragte, ob es nicht möglich sei, die BKA-Männer zurückzuziehen, er könne ihren Anblick und ihre sinnlose Geschäftigkeit nicht ertragen.
»Das ist kein Problem, noch heute abend sind sie weg. Weitere Sorgen?«
Franz Bock spürte die Erleichterung des Innenministers, der offenbar auf ein völlig anderes, schwierigeres Gespräch gefaßt war.
»Nein. Dieses Warten kann mir niemand verkürzen, Herr Minister«, Bock lehnte sich an einen Sessel.
»Ja, das Warten. Wir in Bonn warten auch jeden Tag, jede Stunde mit Ihnen, mein Lieber, wir haben alle Hebel in Bewegung gesetzt, da laufen Drähte heiß, aber in diesem Fall ist es wirklich aussichtslos. Wir wissen ja nicht einmal, ob Ihr Bruder noch lebt. Oder wissen Sie das?« Er verbesserte sich. »Ich meine, fühlen Sie das?«
Franz Bock antwortete, daß er die Hoffnung nicht aufgegeben habe, seinen Bruder wieder in die Arme schließen zu können.
»Richtig. Wer die Hoffnung aufgibt, der gibt sich selbst auf. Oder wie stand auf der Bauerntruhe meines Großvaters: Hoffnung sei dein Wanderstab, von der Wiege bis zum Grab.«

Clas Lutter stieg den Hang hoch, er konnte das kleine Gut San Andrea bereits sehen.
Er mußte sich ablenken, versuchte nicht ständig daran zu denken, welche Aufgabe auf ihn zukam. Nachdem er Micheli das Codewort »Einhorn läuft« durchtelefoniert hatte, war der

Kontakt zu ihm abgebrochen, seit einer Woche wartete Lutter auf eine Nachricht. Fast jeden Morgen überlegte er, ob seine Entscheidung richtig war, jede Nacht träumte er von Männern in dicken Wollmützen, die eine lupara, die abgesägte Schrotflinte, auf ihn richteten. Er stellte sich die Übergabe des Lösegeldes als mitternächtliches Spektakel vor, er umringt und bedroht von Banditen. Manchmal hatte er den ganzen Tag in Hörweite des Telefons verbracht, aber Micheli meldete sich nicht.
In dieser Woche war Ilaria nicht einmal zu Besuch gekommen; Lionello versuchte, ihn darüber hinwegzutrösten, aber Lutter brachte es auch nicht fertig, sie einfach anzurufen und sich mit ihr zu verabreden. Zum Baden im Brenna.
Der Anstieg wurde flacher.
Das windschiefe, aus Natursteinen gebaute Haus glich eher einem Ziegenstall.
Unter einem Baum saß ein grauhaariger Mann, der in die Sonne blinzelte. Die Kappe ins Gesicht gerückt, um die Mittagssonne abzuhalten.
Clas Lutter blieb stehen.
Der Mann rührte sich nicht.
Sie sahen beide in die gleißende Landschaft. Die Sonne ließ imaginäre Wasser entstehen, Seen der Phantasie.
Lutter stellte sich vor, wie er es im Sprachkurs gelernt hatte, und erfuhr, daß der Landarbeiter Gavino Arru hieß, aus der Gallura, dem nördlichen Zipfel Sardiniens stammte; auf seinem Land saßen jetzt eine deutsche Bankerfamilie und ein englisches Diplomatenpaar. Arrus Stimme klang wie abplatzender Rost, er sah Lutter nicht einmal an, während er sprach.
»Haben Sie etwas von der Entführung gehört?« fragte Lutter. »Sollen Sarden gewesen sein.«
Gavino Arru schwieg, dann sagte er laut: »Wenn einige Sarden Banditen sind, heißt es gleich, alle Sarden sind Banditen. Lassen Sie mich in Ruhe damit.«
Lutter war irritiert, wie heftig sein Gesprächspartner reagierte. Er fragte nach der Arbeit, die mühselig war, nach der Ernte, die in diesem Jahr ganz gut werden konnte, nach den Schafen, die sich in der Toskana nicht so wohl fühlten wie in

der Gallura, um dann wieder auf die Entführung zu kommen.
»Kennen Sie einen Banditen?«
Die Frage kam überraschend.
Ein sanfter Windhauch ging durch den Baum.
»Wenn einer zu mir kommt und mir etwas Böses anvertrauen will, dann sage ich: Schweig! Ich will das nicht wissen. Wenn du Hunger hast, kannst du essen, wenn du müde bist, kannst du in meiner Hütte schlafen. Aber dann geh wieder – ich will nichts wissen!«

Die Temperatur in der Glaskuppel war moderat, trotz der hohen Außentemperatur. Die beiden Klimaanlagen arbeiteten perfekt.
Die vier Herren beugten sich über den Plan des Hotels in Caracas, daneben ausgebreitet die Zeichnungen für den großzügigen Umbau.
Luciano Montesano berichtete über den Fortgang der Arbeiten, von dem er sich an Ort und Stelle überzeugt hatte. Es würde ein glanzvolles Hotel werden, ihre Partner seien erste Wahl, es gebe nichts, was er gegenwärtig zu monieren habe.
»Ich dachte immer, die sind noch unzuverlässiger als unsere Leute hier«, die helle Stimme von Nino Calergi, der einen Bleistift spitzte, dann auf das Dachgeschoß des Hotels zeigte: »Wird es nun hier oben einen dritten Swimmingpool geben?«
Luciano Montesano erwiderte, daß die Statiker davon abgeraten hätten, das sei zu gewagt, wenn man die alte Baumasse erhalten wolle. Und es sei natürlich eine Geldfrage.
»Aber es wird gefordert, wenn wir in der Fünf-Sterne-Klasse reüssieren wollen«, Nino Calergi bohrte weiter.
Mario Confreddu, der Älteste unter ihnen, meinte, am Geld dürfe es auf keinen Fall scheitern. Wenn man schon in diesen Dimensionen investiere, dann könne man nicht kleinlich sein.
Luciano Montesano war verstimmt. Diese Reise nach Venezuela war zwar nicht besonders anstrengend gewesen, eigentlich sogar ein kleines Vergnügen, wenn er an seine Begleiterin dachte, aber immerhin hatte er die Arbeit getan, und nun krit-

telten die anderen daran herum. »Gut, dann investieren wir eben mehr.« Seine Worte klangen wie ein Stakkato.
»Franco, wie stehen die Gelder?«
Franco Cotani, der seit Stunden auf einem Kaugummi kaute und nichts zum Gespräch beigetragen hatte, reckte sich. Seine dunklen Augen wanderten von einem zum anderen, als wollte er sich seines Publikums versichern.
»Die Abwicklung ist denkbar einfach. Wir werden die fünf Millionen in D-Mark erhalten. Das ist zugesichert. Wir werden das Geld direkt auf die Londoner Bank bekommen. Das habe ich bereits bekanntgegeben. Wenn das Geld dort eintrifft, lassen wir genügend Zeit verstreichen und dann ...« Er lächelte und machte eine lässige Handbewegung.
»Keine persönliche Übergabe?« Nino Calergi hakte nach, schon einmal war ein genialer Finanzplan an Cotanis neuen Methoden gescheitert.
Cotani blähte sich auf wie ein Operntenor: »Es ist ganz einfach. Wie die das vertuschen, ist ihre Sache, spätere Nachforschungen werden ergeben, daß in London eine größere Geldmenge angekommen ist, deren Ursprung sich nicht mehr feststellen läßt. Keine Geldwäsche mehr erforderlich.«
»Keine Rückschlüsse auf uns möglich, Franco?« Auch Mario Confreddu traute dem Plan nicht.
»Wenn ich es sage, nein. Die Londoner Bank ist vollkommen selbständig, sie wird in Caracas investieren, wird mit der International Hilton kooperieren, da fällt nicht einmal unser Name. Wir beschaffen nur die finanziellen Voraussetzungen für diese Kooperation.«
»Und wie ist gesichert, daß wir später die Besitzer sind?« Mario Confreddu kam einen Schritt auf Cotani zu.
»Wir haben eine doppelte Sicherung: Zum einen den internen Vertrag mit der Bank, sie ist mit ein paar Prozenten am Gewinn beteiligt, zum zweiten laufen Grundstück und Gebäude auf unsere Mittelsmänner. Die werden nach Abschluß der Aktion und einiger Wartezeit ...«, er lächelte, als habe er gerade ein Rennen gewonnen, »auf uns übertragen. Die Papiere dafür sind schon vorbereitet.«
Luciano Montesano nickte anerkennend. Wenigstens noch einer, der etwas getan hatte.

»Die Aktion Leocorno kann als erfolgreich verbucht werden«, faßte Confreddu zusammen. »Der Rest ist bloße Routine.«

24 Seit Stunden trug er die verschwitzte Wollmütze über dem Gesicht, die Augen verklebt, der Wagen rumpelte über die Straße, sie hatten seine Hände vor dem Körper zusammengebunden, wie kläglich die ersten Gehversuche ohne Kette an den Füßen, er hat gezahlt, sagten sie ihm, aber es dauerte Tage, die er wartete, Wochen, die er wartete, beobachtet, bewacht, mißtrauisch beäugt, seitdem sein Fluchtversuch gescheitert war, tagelang sprachen sie nicht mit ihm, als habe er sie persönlich getroffen, immer, wenn sie etwas zu besprechen hatten, zogen sie sich in den Wald zurück, feindselige Stimmung, schon einmal hatten sie gepatzt, indem sie den falschen Mann entführten, wenn er ihnen jetzt auch noch entkam, die Gesichter konnte er zwar nie sehen, aber die Augen würden sie verraten, die Augen konnte er unter tausend Augen wiedererkennen.
Josef M. Bock bekam einen Schlag in den Nacken.
Als sei der Kopf abgetrennt.
Sie stießen ihn aus dem Auto.
Er fiel auf die Straße.
Sein linkes Knie schmerzte. Höllisch.
Nach kurzer Zeit setzte er sich, dann versuchte er aufzustehen, aber er war zu schwach.
Wenn ich die Mütze vom Kopf . . .
Dann wurde er ohnmächtig.
Eine Stunde später fand ihn ein vorbeifahrender Italiener. Mit einem Taschenmesser löste er die Fessel, mit denen die Hände zusammengebunden waren.
Er nahm ihm die Mütze und die Klebestreifen über den Augen ab.
Der Italiener lachte, als Bock vorsichtig die Lider aufschlug.
»Sie leben noch«, sein breites Lachen. Josef M. Bock wollte ihn zurechtweisen, er soll aufhören zu lachen, ein neues Gesicht, sie haben mich freigelassen, die Straße, das Lachen.

»Steigen Sie ein«, der Italiener half ihm auf die Beine, ein Ausbruch des Schmerzes, verschorfte Wunden platzten auf, ich werde verschleppt.
Bock stützte sich auf seinen Arm.
Ganz gleich, wohin er mich bringt, ganz gleich.
Nur langsam kamen sie voran.
»Tut es weh?«
Bock brachte kein Wort heraus.
Seine Augen schwammen.
Die Hände schmerzten, die Gelenke, die Füße. Der Körper war am Ende. Als hätte die Befreiung ihm alle Kraft geraubt.
Vorsichtig hob ihn der Italiener in den Wagen.
Bock starrte nach draußen.
Er soll die Tür offen lassen, lassen Sie die Tür offen, bitte, nicht abschließen, nicht zu.
Der Italiener schloß die Wagentür.
»Ich fahre Sie ins Krankenhaus.«
Glas, es war Glas, er war aus Glas, alles herum aus Glas, bei jeder Bewegung konnte es brechen, zerbrechen, zerknallen, nicht losfahren, bitte, nicht losfahren.
Der Italiener startete den Wagen, ein surrendes Geräusch, das in ein Dröhnen überging, ein Donnerkreischen, ich werde entfuhrt, sie haben mich gefangen.
»Sie sind dieser deutsche Verleger, nehme ich an?«
Josef M. Bock starrte in die Richtung, aus der die Frage kam, wieso wußte er davon, wie lange war ich weg, wer ist der Mann, der das fragt, alles durcheinander, ein wilder Strom an Gedankensprüngen.
»Wir sind gleich da.«
Die Stimme klang ruhig, so tief, wie ein leises Brummen, so weit weg, sich entfernend.
Bock schloß die Augen. Er konnte die in solcher Geschwindigkeit vorbeiziehende Landschaft nicht ertragen.
Der Wagen rollte, stolperte, hüpfte.
Der Druck, wenn er in die Kurve ging.
Sie haben mich freigelassen.
Und wieder gefangengenommen.
Sie wollen mich quälen.

Sie werden mich schlagen.
Franz hat nicht gezahlt.
»Certaldo, hier ist es. Das Krankenhaus ist nicht schlecht. Wir werden Ihren Bruder sofort verständigen.«
Josef M. Bock dröhnten die Sätze in den Ohren.
Das Essen, das letzte Essen, die Henkersmahlzeit, der bittere Geschmack des Kaffees, Gift, chemische Folter.

Fünfundzwanzig Minuten, seine Kraft war am Ende, aber er wollte durchhalten, die letzten fünf Minuten würde er auch noch schaffen, auch gestern hatte er sie geschafft.
Franz Bock sah auf seine wasserdichte Uhr und tauchte für die nächste Wende.
Der Morgen hatte gut angefangen, die Nachrichten von der Börse erfreuten ihn besonders.
Seitdem er sein Hauptquartier nach Riciano verlegt hatte, die Arbeit jeden Tag, Entscheidungen treffen, kaufen, verkaufen, telefonisch verbunden mit den wichtigsten Geschäftspartnern, seit dieser Veränderung lief alles besser.
Gelegentlich kam Micheli, berichtete vom Fortgang der Dinge, das Geld war bezahlt, aber seit siebzehn Tagen warteten sie auf die Freilassung seines Bruders.
Julia rief jeden Abend an, das tat ihm gut, wenngleich er wußte, daß ihre Auseinandersetzung noch bevorstand.
Wieder lag eine Bahn hinter ihm.
Die nächste Wende, aus der Erschöpfung heraus kam die neue Kraft, er war sicher, daß er auch die restlichen sieben Bahnen schaffen würde.
Die italienische Polizei tappte im dunkeln, nun gab es keine Erklärungen der Roten Brigaden mehr und auch sonst keine Hinweise. Der tägliche Kontakt mit dem Capitano war ihm fast lästig, den Staatsanwalt sah er überhaupt nicht mehr. Die Versicherung, man werde alles für ihn tun, war vergessen. Immer mal wieder erschien ein Team vom Fernsehen oder ein neugieriger Journalist. Aber Franz Bock gab keine Interviews.
Der rote Zeiger war bei der Zwölf angelangt.
Er spürte die Erschöpfung.
Sie tat ihm gut.

Er nahm das große Handtuch und rubbelte sich trocken.
Mit einer harten Bürste kämmte er sein volles Haar.
Die kurze Strecke zur Terrasse legte er im Laufschritt zurück.
Zwei Frauen mit Maschinenpistolen.
»Hände hoch«, im gleichen Moment wurde er von hinten ergriffen.
Er sah in den Wohnraum.
Die ganze linke Wand war besprüht.
Der große fünfzackige Stern.
In Rot.
»Im Namen der Brigaden nehmen wir Sie gefangen. Sie werden dem Volksgefängnis zugestellt.«
Die Frauenstimme klang hell.
Franz Bock war so überrascht, daß er nichts sagen konnte. Er versuchte, sich von dem Griff zu befreien.
Ohne Erfolg.
Das Telefon klingelte.
Er überlegte, ob er schreien sollte. Immerhin waren die Carabinieri unten am Weg.
»Was wollen Sie von mir?«
Franz Bock sah die Flugblätter auf dem Boden.
»Los, gehen wir!«
Eine Frau hatte seinen Bademantel über dem Arm.
Er roch Äther.
Auf der Terrasse stand ein Mann mit einer Maschinenpistole.
Wieder klingelte das Telefon.
Äther. Er sog die Luft mit dem Mund ein.
Angst zu ersticken.
»Wenn Sie keinen Widerstand leisten, werden wir Sie schonen. Sie haben die Wahl.«
Franz Bock verstand.
Dann schwanden seine Sinne.

Kriminalromane

Eine Auswahl

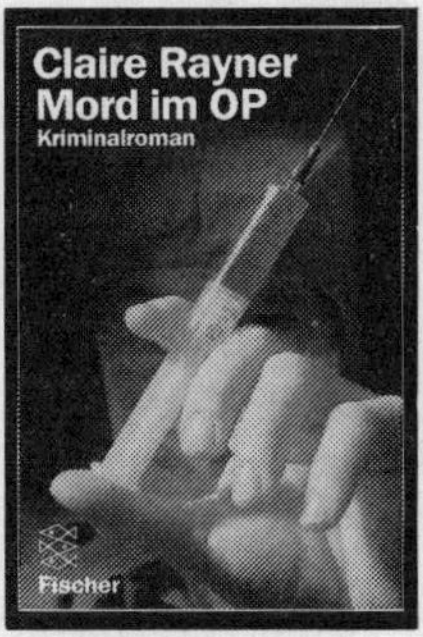

Stanley Ellin
Das Kartenhaus
Band 8114

Tod am Weihnachtsabend
Band 8267

James Grady
Der Schatten des Condor
Band 2608

Die 6 Tage des Condor
Band 8116

Søren Jakobsen
Die Marmortaube
Band 8152

Der radioaktive Mann
Band 8151

Roderich Klett
Der Tod kam live
Band 8174

Seicho Matsumoto
Mord am Amagi-Paß
Band 8186

Spiel mit dem Fahrplan
Band 8230

Mirjam Pressler
Mit 64 stirbt man nicht
Band 8131

Claire Rayner
Das Haus im Fenn
Band 8117

Mord im OP
Band 8118

Robert Roden
Gargano
Band 8200

Marut
Band 8268

Gerhard Scherfling
Wer zuviel weiß, muß sterben
Band 8266

Tödliche Beziehungen
Kriminalerzählungen
Band 8206

Ein seltener Fall von Witwenverbrennung
Kriminalerzählungen
Band 8207

Bari Wood
Zwillinge
Band 8003

Fischer Taschenbuch Verlag

fi 503/2b

Erich Loest

Der Mörder saß im Wembley Stadion

Kriminalroman. Band 8173

In London wird ein Bankraub begangen, brutal und ohne Rücksicht auf Menschenleben. Kurz darauf geschieht ein Überfall auf ein großes Kaufhaus; die Tatmerkmale lassen die gleichen Verbrecher vermuten. Als Scotland Yard endlich einen Mittäter verhaftet, wird dieser auf rätselhafte Weise aus dem Zuchthaus befreit. Die Fußball-Weltmeisterschaft steht vor der Tür, und es ist abzusehen, daß sich bei dem zu erwartenden Massentourismus die Verbrechen der Bande wiederholen.

Oakins macht Karriere

Kriminalroman. Band 8210

Den großen Coup hofft Oakins mit einer gut assortierten Klienten-Karteizu landen, diezumVerkaufansteht.Zuverlässigster Kunde ist ein Fischhändler, dessen Frau Fischgestank nicht ertragen kann. Sie läuft ihrem Mann ständig davon, und Oakins darf sie immer wieder aufspüren.

Rotes Elfenbein

Kriminalroman. Band 8184

Inspektor George Varney ist wieder unterwegs. Diesmal geht es um geschmuggeltes Elfenbein. Fußball-Fans haben das Vergnügen, die WM 1974 literarisch noch einmal nachgestellt zu bekommen.

Waffenkarussell

Kriminalroman. Band 8108

Klar gezeichnete Figuren, bunt wechselnde Schauplätze auf zwei Kontinenten und ein scharfer Blick für die Hintergründe des schmutzigen Waffengeschäfts zeichnen diesen Roman aus.

Fischer Taschenbuch Verlag

fi 502/2

Roger Borniche

Roger Borniche, geboren 1919, trat 1944 in den Polizeidienst ein. In seinen zwanzig Dienstjahren hat der erfolgreichste Kriminalinspektor Frankreichs den Rekord von 547 Festnahmen gesuchter Gangster zu verbuchen. In seinen spannenden Romanen fesselt der schreibgewandte Autor mit Fällen aus der eigenen Praxis.

»Realität von der ersten bis zur letzten Seite. Das Aufregenste, was ich seit langem gelesen habe.«
Jürgen Roland

Duell in sechs Runden
Kriminalroman. Band 1883

Pierrot le Fou ist nicht zu fassen
Kriminalroman. Band 2601

Tatort Côte d' Azur
Kriminalroman. Band 2619

Der Spitzel
Kriminalroman. Band 8061

Fischer Taschenbuch Verlag

fi 262/4